デルトラ・クエスト

8　帰還

作
エミリー・ロッダ

訳
岡田好恵

画
吉成 曜・吉成 鋼

フォア文庫
岩崎書店

影の王国
嘆きの湖
沈黙の森
デル

デルトラ王国

恐怖の山

うごめく砂

魔物の洞窟

ネズミの

いましめの谷

THE LAND OF DELTORA

DELTORA QUEST 8: RETURN TO DEL

by Emily Rodda

デルトラの7つの宝石

黄金色に輝くのは、誠実の象徴**トパーズ**。

真実をつかさどる**アメジスト**は、

デル川の岸辺に咲くすみれのような紫色だ。

氷のように透明な輝きをもつ**ダイアモンド**は、

純潔と力の象徴。

若草を思わせる緑色は、

名誉をあらわす**エメラルド**。

群青色の地に銀色が点々と、

夜空の星のようにあらわれているのは

ラピスラズリ、神力の象徴。

幸福のしるし**ルビー**は、血のように赤く、

希望の象徴**オパール**は、

虹の7色に輝いている。

これまでの冒険

　ここデルトラ王国には、王家に伝わる秘宝「デルトラのベルト」がある。初代国王によって作られたこのベルトには、七つの宝石がはめられている。宝石には魔力があり、ベルトを王の直系が身につけることで、あらゆる敵からデルトラを守る力を発揮する。

　しかし十六年前、この宝石が、隣国の悪者、影の大王によってうばわれ、七つの魔境にかくされた。デルトラ王国は、悪と荒廃の国に変わりはててしまう。

デルトラを救おうと立ち上がったリーフ、バルダ、ジャスミンの三人は、とうとう七つの宝石をすべてとりもどした。だが、旅はまだ終わらない。デルトラの王子をさがし出さなければ、ベルトは魔力を発しないからだ。

王の子はいまどこに？　最後の賭けに出るリーフたち。せまりくる影の大王の魔手。そして、いま、真実が明らかになる……。

もくじ

リーフ
ジャードとアンナの息子。
16歳。デルトラを救うため、
影の大王にうばわれた
「7つの宝石」を
さがす旅にでる。
バルダ
デルトラ国王エンドン
の乳母ミンの息子で、
デル城の元衛兵。
リーフとともに
旅に出る。
人物紹介

クリー
ジャスミンが
家族のように
思っている
からす。
ジャスミン
両親が影の憲兵団に
連れ去られ、沈黙の森で
くらしていたが、リーフ
たちと出会い、行動を
ともにする。
フィリ
毛むくじゃ
らの小動
物。いつも
ジャスミンの
そばにいる。

1　トーラ族の魔法

デルトラのベルトが、完全にもとの姿をとりもどした。七つの鋼のメダルの上で、七つの宝石が競いあうように美しい光を放っている。だが……。

リーフは、バルダとジャスミンをちらりとみた。三人はいま、朝日に輝く美しい緑の谷を歩いている。きのうまで、そこが『いましめの谷』とよばれる霧の魔境だったとは、夢にも思えない。

頭上をクリーが、ほかのからすたちといっしょになってついてくる。邪悪な霧が晴れたとたん、谷には鳥がぞくぞくともどってきた。

トーラから追放され、生きたしかばねのようにくらしていたトーラ族の人びとは、よろこびにわきたち、おそろしい谷の番人に姿を変えられていた男は、もとのつつましい老人、ファーディープにもどった。

リーフ、バルダ、ジャスミンは力を合わせて悪に勝った。けれども三人には、まだのこされた使命がある。デルトラの世継ぎをみつけださねばならないのだ。七つの宝石がベルトにもどれば、ベルトの力が三人を王の子のもとに導いてくれると、リーフたちは信じていた。だがベルトは、なんの前ぶれもしめさない。

リーフはため息をつき、かかえていた小さな空色の本を開いた。

『デルトラの書』。谷の番人のガラスの宮殿がくずれ去ってもなお、この本はのこった。なぜのこったのか？　それはきっと、この本のなかに、世継ぎをみつけるヒントがかくされているからにちがいない！

リーフは、目をつぶっても言えるほど読みこんだ一節を、また読みかえした。

【七つの宝石、それぞれに魔力あり。七つが、意味なす一体となれば、はるかに強き魔力を発揮す。デルトラのベルト、アディンの作りし形のまま、その直系にまとわれしとき、いかなる敵をも、うち負かす力をもつ】

「いくら読んでも、書いてあることは変わらないでしょ。それより、王の子をさがすほうがさきよ！」

ジャスミンはぴしりと言い放つと、野いちごをつんで、フィリの口にもっていった。いま、谷には多くの小動物がもどってきている。そのなかでも、フィリはとりわけ小さい。はずかしそうにジャスミンの肩にのって、きょろきょろとあたりをみまわしている。

「お世継ぎがどこにいるのか、居場所の見当ぐらいつけばなあ！」バルダが、いらだたしげに言った。「ともかく、これ以上はぐずぐずできん。いまにも――」

バルダは、急に口を閉じると、空をみあげ、まゆをひそめた。つられてみあげたリーフは、ぎょっとした。ついさっきまで、雲一つなかった空に、白い霧が渦を巻いている。鳥たちが旋回し、不安そうに鳴きはじめた。ジャスミンが、するどい声でクリーをよんだ。クリーが仲間からはなれ、急降下してくる。

そのとき、むこうからファーディープがやってきた。ふたりのトーラ族といっしょだ。ひとりは、あごひげのあるピールという男、もうひとりは、背すじをのばし、深紅の長衣をまとったトーラ族の長、ゼアンという老婆だ。

「心配はいりませんぞ！」ファーディープはさけんだ。「トーラ族が、魔力でもう一度、谷に霧をかけたのです。これなら影の大王も、わしらが呪縛から解放されたとは、ぜったいに気づくまい」

「でも、動物たちは？　だいじょうぶなの？」ジャスミンはするどく問いつめた。

「もちろん、だいじょうぶですよ、おじょうさん」ゼアンがおだやかに言った。

「この霧は、鳥にも、けものにも無害。ほら、こんなにやわらかで、いいにおいがするでしょう。わたしたちトーラ族は、魔力をとりもどしたのです。これでまた、いろいろなことができますよ」

「でも……トーラに帰ることだけは、できない。われわれのいちばんの望みは、かなわないのです」ピールが、しずかに言った。

「そうですね。でも、わたしはまだ、希望をすてていませんよ。なぜなら……」

ゼアンは、リーフたちをみつめた。リーフは、ファーディープをとがめるようにみた。

ゼアンがあわてて言った。「いいえ、リーフ。ファーディープさんは何も言っていませんよ。わたしたちは、自分の目でみたのです。『いましめの谷』が解放される直前に、みなさんが、あのすばらしいダイアモンドを手に入れたのを。おかげで、わたしたちは救われました。でも、あなたがたは、まだ問題をかかえている――わたしには、わかります。何か、わたしたちにできることはありませんか？」

リーフはまよった。ぼくたちはいつの間にか、だれのことも信用しなくなってしまった。でもたぶん、いやきっと、トーラ族の人びとは力になってくれる。バルダとジャスミンが、すばやく視線をかわすのがみえた。ふたりもとっさに、そう感じたらしい。

「おぼえておいてくださいね」ゼアンがやさしく言った。「ひとりのトーラ族の者に言えば、部族みんなが知ることになります。わたしたちのあいだには、秘密はありません。それがトーラ族の強みでもあるのです。信頼しあうことで情報を集め、子や孫まで語りついでいくのですから」

　リーフは、シャツの下の、ずっしりと重いベルトに手をかけた。リーフが意を決して口を開きかけたとき、とつぜんゼアンとピールが身をかたくした。ピールがさけんだ。「みしらぬ者がふたり、谷へ入ってくる！　早足で、小川にそって」

「われわれの味方かね？」ファーディープが緊張した声でたずねる。

　ゼアンは首を横にふり、こまったように言った。「さあ。たいていのオルなら、感じとれます。邪悪な心をもつ者も。でも、あの者たちの心は……読めない」

　霧が濃くなり、あたりが暗くなる。リーフは腹を決めた。「ともかく、みにいこう。道みち、ぼくたちのことを説明しますよ」

　緑がおいしげる谷底の道を歩きながら、リーフたちは、いままでだれにも明かさずにきた話を、すべてうち明けた。大きな声で秘密を話すのは、奇妙な気がした。だが、トーラ族のふたりがデルトラのベルトをみて息をのんでも、リーフは少しも不安を感じなかった。

「アメジストは、トーラ族の石なのですよ。真実をつかさどる宝石」ゼアンが、すみれ色の宝石をしずかになでながらささやいた。

「トーラ族の石？　それ、どういうこと？」ジャスミンが、声を高める。

「デルトラのベルトが作られたとき、七部族がアディン国王に、それぞれの部族のだいじな宝石をささげましたね。もちろん、トーラ族は、その七部族の一つだったのです」ゼアンは言った。

ピールがつづけた。「このアメジストが『魔物の洞窟』でみつかったのも、よくわかります。あそこは、トーラに近いですから。ベルトからはずされた宝石はそれぞれ、なんとか故郷にもどろうとしたのでしょう。アクババに運ばれながらも、できるかぎり意志をつらぬこうとしたのです。たぶん……」

ゆく手に、二つの人かげが、小川にそってうかいしてくるのがみえた。ふいに、一つの影が声をあげ、走りだした。リーフははっとした。デインだ！　うしろの男は、ジョーカーだ！

「デイン！」ジョーカーがさけぶ。デインは、身をちぢめてふりかえった。

「まあ。あの子は、わたしたちトーラ族にそっくりですね！　髪の色も目も……」

ゼアンはつぶやいた。

リーフは説明した。「デインのおかあさんは、トーラ族です。一年前、両親とも、影の憲兵団につれ去られてしまいました。いまデインは、ジョーカーとともに戦っているんです。『レジスタンス』のメンバーとして」

ジョーカーとデインはいま、じっと立ち止まっている。ジョーカーが頭上の霧をみて、まゆをひそめた。

「安心しなさい、ジョーカーさん！」ファーディープがさけんだ。「この霧は無害だ。ここにいる、あなたの友だちは、みな安全ですぞ」

ジョーカーは、油断なく近づいてくると、剣に手をかけ、ファーディープをにらみつけた。

「この……！」

「やめろ！」リーフがさけんだ。「ジョーカー、この人はもう『いましめの谷』の番人じゃない。ファーディープさんといって、ぼくたちの同志だ。もう、敵じゃないんだよ」

動揺するジョーカーを、リーフははじめてみた。

「どういうことだ？　説明しろ、リーフ！」

「そっちこそ、説明しろ！」バルダが言いかえした。「なぜ、おれたちに、この谷のことを教えなかった？」

「おれは言ったはずだ。ここにはぜったいにくるなとな」ジョーカーは、少しおちつきをとりもどしてきた。「それに、おれがたとえ、『いましめの谷』にいったことがあると言ったとしても、おまえたちはそれで旅をやめたか？　あいつが脱出できたなら、自分たちにできないはずはないと思うのが、おまえたちだ。ちがうか？」

「まあ、そうね」ジャスミンが言った。「でも、あなたって、どこまで人を信用しないの？『いましめの谷』の番人は、エンドン国王だと、そのくらい、言ってくれればよかったのに！」

　デインが、ぎょっとして息をのんだ。ジョーカーはそれを無視し、にがわらいすると言った。「いくらおれでも、少しばかりの親切心はあるさ。おれは、こののろわれた谷を去るとき、心に誓ったんだ。自分の口からはエンドン国王が影の大王に寝がえったことは、けっしてもらすまいと。それでなくても、デルトラの国民は、おろかな国王のためにさんざんつらい思いをしてきた。おろかな国王は死んだ、ということにしておく。そのほうが、ずっといいと思ったのさ」

「あなたは、影の大王におどらされていたんだ」リーフが気持ちをおさえて抗議した。「影の大王は、エンドン国王が、そうやって国民からわすれ去られることをねらっていた。そうすれば、デルトラを永遠に自分のものにできるから――ちがうのか？」

ジョーカーはひるみ、両目をおおうようにゆっくりと、手の甲で額をぬぐった。デインはぼうぜんとして、まっすぐ前をみつめている。無表情な顔のうらで、さまざまな感情がせめぎあっているのが、リーフにはわかった。

長い沈黙のあと、ジョーカーは額から手をおろすと、リーフ、バルダ、ジャスミンをしっかりとみすえた。「おれは、おまえたちがこの谷へきた理由を知っているつもりだ。おまえたちは、旅の目的を果たした。そうだな？」

三人はだまっている。ジョーカーの顔がくもった。

「おれは信じないか。まあ、そのほうが、かしこいだろう。おまえたちの立場だったら、おれもだまっているさ」

彼はリーフたちに背をむけ、身をかたくして立っているデインをうながした。

「いくぞ、デイン。おれたちは、ここではおよびではない……それどころか、きらわれ者らしいからな」

そのとき、ゼアンがおごそかな声で命じた。「おまちなさい！」

ジョーカーは、無言でふりむいた。

「いまは疑ったり、敵対したりしている場合ですか？」ゼアンは、ジョーカーをさとすようにつづけた。「かつて、わたしたちは、アディン国王のもとに一つになって、影の大王を追いはらいました。いまもまた、力を合わせる時ではありませんか」

ゼアンは、リーフ、バルダ、ジャスミンのほうをむくと言った。「味方同士で腹をさぐりあうのは、もうやめたらいかが？　あなたがたは追われている。おまけに、これからどうするのがいちばんよいのか、決めかねているのでしょう。わたしたちは、おなじこころざしをもつ仲間ですよ。おたがいの才能と経験は、わかちあわなければ。いまこそ信頼の時、力を合わせる時ではありませんか」

彼らは、ファーディープの小屋の前までもどってきた。草花のまわりをハチが飛びかい、太陽はしずみかけている。

リーフたちはもう一度、自分たちの旅の目的をありのまま話した。

リーフがデルトラのベルトをみせると、デインは息をのみ、あとずさりをした。

「きみたちが、何か大きな目的をもって旅をしているとはわかっていた……それが、これか」デインは声をひくめて言った。「やっぱりな」

リーフはデインにはかまわず、ジョーカーをみつめつづけている。ジョーカーの顔つきは変わらない。いったい、何を考えているのだろう……。

「おまえたちの目的はだいたい、想像がついていた」ジョーカーはついに口を開いた。「おれのように、国じゅうをまわっていれば、あちこちで、失われた七つの宝石の伝説を耳にする。やがておれは、おまえたちがそれをさがしていると確信するようになった。ところが、その目的が、正義か、悪かがわからなかった。そして結局、おれたちの敵だろうと思ってしまった。だが——」ジョーカーは、もつれた髪を、日に焼けた指でかきむしった。「ベルトの伝説がほんとうだと信じてもいいのか？　——それで、デルトラがほんとうに救われると？　たぶん、おれだってむかしは信じただろう。記憶を失う前のおれならな。だが——」

「信じるのよ！　信じて！」ジャスミンがさけんだ。「影の大王が、このベルトをおそれているのはたしかよ。だから何よりもまず、宝石を盗んで、魔境にかくしたんじゃない！」

ジョーカーは、考え深げにジャスミンをみつめた。「……影の大王は、おまえたちがいくつ、宝石をとりもどしたと思っているんだ？」

「ぼくたちがまだ、『恐怖の山』へいくとちゅうだと思っている……と、ありがたいんだけど」リーフは答えた。

「希望にすがると、泣きをみるぞ。現実をみろ」ジョーカーは、つめたく言い放った。

リーフたちは、かっとなった。

「わたしたちだって、そんなことは、わかってるわ！　ほんとうのことをだれよりも知りたいのは、わたしたちなんだから！」ジャスミンがどなる。

ゼアンは、ジャスミンとジョーカーをかわるがわるみると、ため息をついて立ち上がった。

「きょうは、これでおひらきにしましょうか。明日の朝になれば、少しは気持ちもおちつくでしょう」

ゼアンとピールがしずかに立ち去ると、ジョーカーは肩をすくめ、荷物がおいてある場所へ歩いていった。デインがあわてて、そのあとを追う。ファーディープは小屋へもどって、夕食の用意をはじめた。

「ジョーカーは、あつかいにくいやつだ」バルダがつぶやいた。「だがな、希望にすがらず、あくまで現実を求めるという、やつの態度は正しいぞ」

「だったら、あいつに現実を教えてやろうじゃない！」ジャスミンは言った。「『夢の泉』の水、水筒にまだのこってるでしょ。リーフがそれを飲むのよ」

ジャスミンは、影の大王が、ぼくたちのことをどこまでつかんでいるのか、調べようというのだ。

リーフはゆっくりとうなずいた。いざというときのためにとっておいた、『夢の泉』の水が、いまこそ役に立つ。

ぼくが、影の大王の手下、ファローを思って眠ればいい。夢のなかで、父のいる地下牢にファローがやってきて、ぼくたちのことを口走るだろう。

だが、ファロー以外の夢をみてしまったら、もうおしまいだ……。

そう思うと、リーフの心は重かった。いまは、父のことも母のことも、考えてはいけない。ファローのことだけを思って眠れ。魔法の水は、ファローのことだけを知るために飲むんだ。

2 ファロー

その夜おそく、リーフは暗闇のなかに、じっと横たわっていた。まぶたは重いが、眠りたくない。おそろしい――これから夢にみることを思うと、おそろしくてたまらないのだ。ファローとは何者か？　その正体は？
リーフははっとした。ファローが父に言った、あの言葉……。

――だれかが死ねば、かならずそのあとを継ぐ者があらわれるもの。わが主人は、プランディンの面相と姿がお気に入りでな。わたしにもおなじ姿かたちをひき継ぐように命じられたのだ――

あのときは、意味がよくわからなかった。だがいま、ひらめいた。

ファローは、オルなんだ！　しかも、ジョーカーが影の王国でうわさにきいたという、Ａオルにちがいない。影の大王が心血をそそいで作りあげた、完璧で、だれにもほんものの人間とみわけのつかない、オルの傑作。どんなものにも化けられる、最強で最悪のオル。

エンドン国王の主席顧問官プランディンも、Ａオルだったのか……そして、プランディンが死ぬと、姿かたちがそっくりなＡオル、ファローが新たに作られて、その役目をひき継いだ……。そうだ、きっとそうにちがいない。

でも、まてよ……。リーフは寝がえりをうった。プランディンは死んだ。シャーン王妃に、城の塔からつき落とされて。ということは……Ａオルだって死ぬ。オルの最高傑作とはいっても、不死身ではない。あまりに人間そっくりに作られたばかりに、死をまぬがれることができない。ということは……。

リーフは目を閉じ、雑念を追いはらおうとした。

さあ、『夢の泉』の水に身をまかせ、ファローに会いにいこう。

白い壁。ゴボゴボと泡立つような音。部屋のひとすみに、不気味な緑色の光に照らされて、背の高い、やせた人かげがもだえている。骨ばった両腕を高く上げ、骸骨のように口をぽっかりと開けている。よだれをたらし、白目をむいて一点をみつめている――ファローだ！　リーフは、とっさに恐怖のさけびをおさえこんだが、はっと思い出した。これは夢だ。どんなに大声を出しても、ファローにはきこえないはずだ。リーフは、目の前のおぞましい光景にみいった。

ドドン！　ドドン！

心臓の鼓動のような音が部屋にひびきわたり、リーフは思わずとび上がった。ふいに、緑色の光が消えた。ファローがこうべをたれ、長い腕がだらりと両わきに落ちた。

ドドン！　ドドン！

両手で耳をおおっても、音は容赦なく体をつきぬけ、頭のなかでこだまする。

歯がガチガチ鳴りはじめ、リーフはついにたえられなくなった。これはなんだ？何かを訴えるように、リーフをおびきよせようとするかのように鳴りつづける、この音は？　リーフは音の源を求めて、部屋中をみわたした。

あれだ！　音は、部屋の中央の小さなテーブルからきこえてくる。ごくふつうのテーブルだが、天板の厚いガラスが、水のようにうごめいている！　リーフは、ひきよせられるようにそちらへ歩きだした。一刻も早く正体をたしかめたいという気持ち、自分をよぶ音に応えたいという気持ちをおさえきれなかった。

同時にファローも、あえぎながらよろよろと足をふみだした。ファローは、衣服のそでからハンカチをひっぱりだし、そそくさと顔をぬぐうと、テーブルにむかってよろけながら歩いていく。そして、テーブルの上に身をのり出し、さざ波の立っている透明な天板に目をこらした。

ドドンという音がだんだんおさまり、かすかにきこえるだけになった。波立つ表面がくもりはじめ、赤い光にふちどられる。やがて、まんなかに、ぽっかりと暗黒の淵があらわれた。ファローが、さらに身をのり出す。すると、暗黒の淵のなかから、声がきこえてきた。おそろしくしずかな声だ。

「……ファローよ」

「はい、ご主人様」ファローは口のはしに泡をつけたまま、ふるえる声で答えた。

しずかな声はつづけた。「……おまえは、わたしの信頼をうらぎるのか？」

「とんでもないことです！　大王様」

大王様！　リーフは衝撃をうけた。

「長年つまらん人間どもにかこまれ、さぞかしわびしいことであろう。さればこそ、わたしはおまえになぐさめをあたえた。快楽の光ルーミンを。だが、もしおまえが快楽にふけり、義務をおこたるならば、ルーミンはすぐにも没収じゃ！」

ファローはぎょっとして、緑の光がふりそそぐ一画に目をやり、すぐテーブルに視線をもどした。

「わたしは……義務をおこたったりなどしておりません、大王様」

「ならば報告せよ。鍛冶屋のジャードはどうした？　白状したのか？」

リーフは心臓をぐっとつかまれたような気がした。彼は祈るように両手をにぎり合わせて、ファローの答えをまった。

「いいえ、大王様。わたしが思いますには……」

「――まて。そこに、だれかいるな？」声が、とつぜん大きくなった。

ファローはぎょっとして、部屋のなかをみまわした。うつろな視線がリーフの上をすぎる。リーフはファローのすぐうしろで、身じろぎもせずに立っていた。

「いえ、ご主人様」ファローはささやいた。「そんなことはございません。ご命令どおり、この部屋は、わたし以外の者は立ち入り禁止にしております」

「いや……感じるぞ」渦巻く灰色の影の中心で、暗黒の淵がだんだん大きくなっていく。まるで、巨大なひとみがみひらかれるように。

リーフは石のように動かず、息を殺し、何も考えないようにした。影の大王が、リーフの存在を感じたのだ。邪悪な心が部屋のなかをさがしまわり、ぼくの存在をかぎつけようとしている――リーフは、背筋が寒くなった。

「ここには、だれもおりません――けっして」ファローは、うすいくちびるをわなわなふるわせて言う。

リーフは目をみはった。おびえるファローをみるのは、はじめてだ。

「よろしい。では、報告をつづけよ」

「はい。あの鍛冶屋は、ほんとうに何も知らないのではないかと……わたしは思っております……」ファローは口ごもった。「絶食させ、拷問にかけても、まったく動じないのです。殺すとおどしても、妻がどうなってもいいのかとせまっても、がんとしてしゃべりません」

「で、女のほうは？」

「夫以上です。夫より、ずっとしっかりしております。拷問係をあざわらい、口を割ろうともしません」

（おかあさん……！）リーフの目から、涙がこぼれた。だが彼は、ほおに落ちる涙をぬぐおうともせずに立ちつくし、感情を心から追いはらおうとした。

「なるほど。ではあの夫婦は、ふたりしておまえをあざむいたのだ、ファローよ」

暗黒の淵から声がひびいてきた。「あのふたりは、まちがいなく何かを知っている――われわれが疑ったとおりにな。やつらの息子は、例の三人組のひとりだ。まちがいない」

ファローは息をのんだ。「あやつらの息子が、エンドンといっしょに旅をしていると？ ですが、わたしがそう言うと、あの鍛冶屋はわらいましたぞ。からからと！ あのわらいかたは、とても、うそとは思えませんでした」

「そう。やつのわらいは、うそではない。なぜなら、やつの息子とともに旅をしているのは、エンドンではないからだ。デル城の元衛兵で、バルダという男だ。ジャードは、さぞおもしろがっていようぞ。おまえのまぬけなかんちがいをな」

ファローの顔が怒りでゆがんだ。「思い知らせてやる！ あの夫婦め。ふたりとも、生まれてこなければよかったと思うほどくるしめてやるぞ！」

「あのふたりに、手を出すでない！」つめたい声がひびいた。ファローはぎょっとして、身をかたくした。

つめたい声はつづけた。「おまえは長いこと人間どものなかでくらし、人間どもの下品な考えかたがうつってしまったようだな。それとも、快楽の光ルーミンをあびすぎて、わたしからさずかった頭脳をこわしてしまったかな、ファローよ」

「大王様！　めっそうもない！」

「ならば、よくきけ。おまえはわたしのあやつり人形だ。人形は、主人に言われたとおりに動くもの。よいな、あの鍛冶屋と妻には手を出すでない。わたしには、あの夫婦が必要なのだ。ふたりが生きているかぎり、息子への切り札として使える。だが殺してしまえば、あの息子は、とたんにこわいものなしになる」

「あの夫婦を殺して、身代わりにオルを、お使いになれば？」

「いや、だめだ。あの夫婦を殺すのはまずい。息子のリーフはトパーズを手に入れておろう。トパーズは霊界に通じる。ふたりの魂がこの世をはなれるときにはかならず、息子の前に精霊としてあらわれる。オルであざむくことはできないぞ」

あたりが急にしずまりかえった。やがて、ファローがきいた。

「で、あの三人組はいま、どこにいるのでございますか？」

「いまのところは……わからぬ」

「ですが、あなた様の――」

「よけいなことを考えるでない、ファロー！　いらぬ興味や好奇心は、人間どもがもつもの。おまえには必要ないものだ！　わかったか？」

「はい、大王様。ですが、わたしは自分の興味のために、おききしたのではございません。ただ、あなた様のご計画を心配してのことにございます。あの三人組は、ベルトを飾っていた七つの宝石をすべて、奇跡的にとりもどしてしまうかもしれません。そんなことが起これば……ご都合が悪いのではないかと……」

へりくだった言いかただが、リーフは、うつむいたファローの目にひとすじ、反逆の色が走るのをみた。

影の大王も、それに気づいたらしい。とつぜん、灰色のもやをふちどる赤い色が、ぱっと明るくなった。声に、ファローをためすような調子がまじる。

「ファローよ……手段はいくらでもあるのだ。一つがだめなら、別のをこころみればよい。おまえがわたしの命令に忠実にしたがえば、おそかれ早かれ、あの夫婦はくれてやる。好きなようにするがよい。エンドンもだ。やつがいつか、臆病な顔を上げ、かくれ場所から出てくればな」

リーフは、背すじが寒くなった。

「三人組も……いただけるので？」ファローが、目をぎらつかせてきいた。

とたんに、ひくいわらい声がひびきわたった。渦巻く赤い光が深紅に変わった。

「そうはいかん、ファロー。あの三人組は、わたしのものだ」

リーフは目覚めた。心臓がどきどきし、胃がむかつく。口のなかがすっぱい。恐怖とみじめさの味だ、とリーフは思った。

いったい、どのくらい眠っていたのだろう。トーラ族が魔法で作りだした霧のあいだから、白い月光がさしこみ、草地を別世界に変えている。リーフは、動悸がおさまるまでじっとがまんして、横たわっていた。やがて、ほかの人たちを起こさないように、バルダとジャスミンを、そっとゆり起こした。

長いあいだの習慣で、ふたりはぱっと目覚め、それぞれの剣に手をかけた。

「ちがう！　敵じゃない！」リーフはささやいた。「起こして悪かったけど、話したいことがあるんだ」

「何かわかったのね！」ジャスミンはとび起きた。

リーフはうなずき、ジョーカーとデインに目を走らせ、ふたりが眠っているのをたしかめた。そして、声をさらにひくめると、夢でみたことを話しはじめた。ときどきくちびるをかんで、声のふるえをおさえながら。

バルダとジャスミンは、話が終わるまで、ひとことも口をはさまずきいていた。

バルダは言った。「なるほど。影の大王は、おれたちが自然とやつの手に落ちるのをまつつもりか。くそ！　それならこっちにも考えがあるぞ」バルダはこぶしを、ぎゅっとにぎりしめた。その顔が、怒りとかなしみにゆがんでいる。

ジャスミンは、リーフの腕に手をかけると、おだやかに言った。「少なくともいまは、あなたのおとうさんもおかあさんも生きている、ということね。それに、ジョーカーの鼻もあかしてやれるわ。希望にすがってもむだだとか言ってたけど、影の大王はやっぱり、わたしたちが宝石を全部とりもどしたことを知らなかった。わたしたちの居場所をかぎつけてもいないのよ」

バルダがうなずいた。「それに、エンドン国王一家の行方もな。だから、おれたちを泳がせて、みつけさせるつもりなんだ」

リーフはうめいた。「そうか……やっぱり、そうか！」

バルダとジャスミンが、ぽかんと彼をみつめた。リーフは息をのむと、つづけた。「影の大王は、バルダがエンドン国王ではないことをつきとめた。偽名を使っていたぼくの本名もさぐりだした。なぜ、そんなことができたんだと思う？」

「……『レジスタンス』のかくれ家にスパイがいたから、ということ？」ジャスミンが、はっとしたようにささやいた。「バルダの本名を曲芸師のジンクスが言いふらしたのは、『レジスタンス』のかくれ家だったわ。リーフとわたしの本名は、デインが言ったんだと思う。わたしたちが、あの監視室に閉じこめられているあいだに。デインにしてみれば、本名がわかったところで、何も問題はないと思ったんでしょ」

リーフはくちびるをかんだ。「かくれ家にいただれかが、影の大王とつうじているんだ。デインも言ってたな。ジョーカーが、『レジスタンス』のなかにスパイがいるんじゃないかと疑っているって。これが、その証拠だよ」

「グロックだわ！　そうにきまっている」ジャスミンが、憎々しげに言った。

「ジンクスってことも、あるだろう」バルダは言った。「だれだって疑える」

「そうだね」リーフは、眠っているジョーカーとデインに目をやると言った。

「だれだって……疑える」

3 信頼の芽

リーフ、バルダ、ジャスミンは、手早く荷物をまとめ、こっそり草地をぬけ出た。数分後には、小川のほとりを、谷のはしにむかって歩いていた。ジョーカーとデインがきた方向だ。三人とも、崖をよじのぼってこの谷から出るのは、無理だとわかっていた。三人がおりてきた崖は、あまりにもけわしく、すべりやすい。のぼろうとしても、一歩ふむごとに、石ががらがらとくずれるだろう。

木々の下は寒くて暗い。あちこちにほっ立て小屋があり、そのなかでトーラ族の人びとが眠っているのがみえた。

彼らが目を覚まし、ぼくたちがいないことに気づいたら、どう思うだろう。リーフの心はしずんだ。だが、こうするほかないのだ。リーフは、ゼアンにさとされて、ジョーカーとデインにだいじな秘密を明かした。だがいまは、なぜあのふたりを信じたのかわからない。

リーフは、自分の軽率さをにがにがしく思った。

ジョーカーたちが谷に姿をあらわしたとき、「あのふたりは敵か味方か」とファーディープに問われて、ゼアンはわからないと答えた。

なぜ、わからないのか？　答えはかんたんだ。ふたりのうちのひとり、もしかすると両方が、本心をかくすことになれているからにきまっている。もちろん、心のうちをみせないのは習慣で、悪意ではないのかもしれない。だが……。
――手段はいくらでもあるのだ――リーフの心のなかで、影の大王の邪悪なささやき声が、けがれた霧のように渦巻く。

ふとみると、谷の終わりはすぐそこだ。むきあう断崖のあいだが、どんどんせばまってくる。もうすぐ、ジョーカーとデインが通ってきた道がみえるはずだ。

そのとき、ジャスミンが息をのんだ。「谷の入り口に、何かがある……。何かが、道をふさいでいるわ！」

やがてリーフにも、何か大きなものが、チョロチョロと流れる小川をまたいで横たわっているのがみえた。そっと近づいていくと、それが一台のほろ馬車だとわかった。御者台では、ひとりの男が毛布にくるまって、いびきをかいていた。

「ルーカスだ！」バルダがささやいた。「きっと、デインやジョーカーといっしょに、ここまできたんだ。決められた時間までにふたりが帰ってこなければ、谷へふみこむつもりなんだろう」

ほろ馬車は、リーフたちのゆく道を完全にさえぎっていた。うしろの扉は、岩壁ぎりぎりにつけてある。これでは御者台のほうにまわり、ルーカスの鼻さきを通っていくしかない。

いま、ルーカスは眠っている。雷が落ちても、目を覚ましそうにない。

リーフ、バルダ、ジャスミンは、ぬき足さし足で歩きだした。一歩、二歩……。

もうすぐ、御者台のまん前だ。

三歩……四歩……。

いびきがぴたりと止まった。リーフは御者台の毛布に目をやった。しずかだ。毛布はぴくりとも動かない。しずかすぎる……。

リーフの心臓はこおりついた。つぎの瞬間、おそろしいうなり声とともに、とつぜん毛布がむくむくとふくらんだ。まるで、なかの体が二倍になったようだ。

そのとき——。

「にげろ！」木々のあいだから、するどい声がきこえた。リーフは思わずうしろをふりかえった。ジョーカーだ！　ジョーカーが、足音もあらく走ってくる。

御者台では、巨大なけもののようなものがうなりつづけ、熱く、あらあらしい息づかいがどんどん大きくなる。

「スカール！　おさまれ！」ジョーカーがさけんだ。「おれはジョーカーだ！　安心しろ！」ジョーカーはさけびながら、リーフたち三人を木々のなかへつきとばし、かばうように立ちはだかった。

「スカール！　だいじょうぶだ！」ジョーカーは、もう一度さけんだ。

うなり声が、ゆっくりとおさまっていく。リーフがこわごわ目を上げたときには、毛布の下の体が、人ひとりぶんの大きさにもどっていた。そして、もう一度眠ろうというように、寝がえりをうった。

ジョーカーはリーフたちを、もときた道へ追いたてた。「何をふざけている！ 三人とも、死にたいのか？ もし、おれが目を覚まして、おまえたちがいないと気づかなければ――」

「何言ってるのよ！ あなたと仲良しの怪物が、谷の道でがんばっていることなんか、知るわけないでしょ」ジャスミンがかっとして、言いかえした。

「いつどこへいこうが、ぼくたちの自由だろう！」リーフも、つい声を荒らげた。

ジョーカーはリーフたちをにらみつけ、くるりと背をむけると、小川にそって谷の奥へともどりはじめた。「しばらくは、この谷でおとなしくしていろ！」ジョーカーは肩ごしにさけんだ。「いくらおれだって、すぐまたスカールをしずめるのは、ごめんだ。それに、ゼアンとピールも、おまえたちをさがしている。何だか、知らせたいことがあるらしいぞ」

リーフたちは、ファーディープの小屋の前にもどってきた。夜が白じらと明けはじめている。

ゼアンとピール、ファーディープとディンが、小さなたき火をかこんですわり、朝食をとっていた。焼きたてのホットケーキに、ファーディープ特製のハチミツを、たっぷりかけたものだ。四人は、リーフたちがジョーカーとともにもどってくるのをみて、目を上げた。だが、だれも、何もきこうとはしない。

たぶん、きいても答えないと思っているんだろうな……。バルダとジャスミンとともにたき火のそばにすわりながら、リーフは思った。心のなかで、さまざまな感情が闘っている。むざむざここへもどってきたことはくやしい。だが、トーラ族が何を教えてくれるのかが気になる。だが、ジョーカーとディンにもその話をきかれてしまうのは、何とも腹だたしい。とはいえジョーカーは、スカールから三人を救ってくれた。ということは……？

「みなさん、よく帰ってきてくれましたね」ゼアンが、ホットケーキの皿をリーフたちのほうへおしながら言った。「じつは、ご相談したいことがあるんですよ」

リーフたちの目が、ジョーカーとデインにむけられたのをみて、ゼアンはまゆを上げた。

リーフは腰のベルトにふれた。心をおちつかせるアメジストと、力をふるい立たせるダイアモンドの威力が体に伝わってくる。そしてとつぜん、リーフは思った。仲間を疑うような顔をしてはいけない。ただし、ぼくが夢で知ったことは、トーラ族、ジョーカー、デインたちには、秘密にしておこう――切り札として。

リーフはゼアンにむかってほほえみ、ホットケーキに手をのばした。ゼアンも少しやわらかな声色になって、話をつづけた。

「ねえ、リーフ。あなたのおとうさんは、デルトラのベルトがもとどおりになれば、自然に王の子があらわれるとおっしゃったそうね。でも、おとうさんがご存じなのは、本に書いてあったことだけでしょ？　もしかすると、それ以外の秘密があるんじゃないのかしら」

「それは……どういう意味ですか？」リーフはまゆをひそめてきくと、ホットケーキを一口食べた。温かく、あまい味が口のなかにひろがった。

「つまり」と、ピールがゼアンにかわって説明した。「『デルトラの書』は歴史の本で、手びき書ではないんです。『デルトラの書』を書いた人は、ベルトの宝石が盗まれるとは、夢にも思わなかったし、そういうことが起こったらどうすべきかも知らなかった。だから、お世継ぎの居場所をつきとめるヒントが書かれていないのは、あたりまえですよ」

「あんな、なぞめいた魔法のベルトですからね」今度はゼアンが言った。「七つの宝石を全部とりかえしただけでは、不十分なのかもしれないですね」

「……あの……」一座のはしのほうで、遠慮がちな声がする。デインだ。

「何かしら？　デイン」ゼアンがきいた。

内気なデインは、注目されてまっ赤になった。

「ぼくはつまり……あのベルトが作られたいきさつを考えていたんです」そこまで言うと、だまっているジョーカーの顔色をうかがうように、だまりこんだ。

「ええ、それで？」ゼアンが目を輝かせ、はげますようにきいた。リーフはぞくぞくした。デインはいったい、何を言うつもりだろう。

デインは『デルトラの書』をひっぱりだすと、ぱらぱらとめくった。すぐに、目あての箇所がみつかった。鍛冶屋のアディンに説得された七つの部族が、ベルトのために、たいせつな宝石をさしだす場面だ。


【部族の長、七名、はじめは抗せしも、それぞれに宝石をさしだす。デルトラを愛するがゆえなり。宝石、アディンのベルトにおさまりしとき、部族の力、にわかに強まる。されど、どの部族も、その力をかくし、ひそかに結集のときをまつ】

【七つの宝石、アディンのベルトにおさまれば、アディン、これを腰につける。そのときベルトの輝きしこと、まさに太陽のごとくなり。かくしてデルトラ七部族、アディンのもとに結集、めでたく影の大王軍を追放す】

デインはゆっくりと、声高に読みあげた。

読み終わると、ピールが言った。「デルトラが、影の大王軍に勝てたのは、ベルトのおかげだけではない。七部族が団結し、彼らがアディンに忠誠を誓ったからだ。そう言いたいのですか？　デイン」

デインはうなずいた。ジョーカーが、デインの顔を興味深げにのぞきこんだ。

「もの知りだなあ、おまえは。農場主の息子がなぜ、デルトラの歴史のことを、そんなにくわしく知っているんだ？」

デインは一瞬びくっとしたが、ちょっと考えて答えた。「両親から教わったんです。両親は、いつかデルトラが解放されるときがくると信じていました。その日のために、ぼくにも、デルトラ建国の歴史をくりかえし教えてきかせたんです」

ジョーカーは肩をすくめ、顔をそむけた。

そのときリーフは、ジョーカーの黒い目がきらりと光るのをみた。怒りだろうか？　後悔か？　いやもっと、別のものだろうか？

「あなたのご両親は、ほんとうにすばらしい方たちね！」ゼアンが言った。「おかあさんは、トーラ族だったんでしょう？　なんてお名前だったの？」

「母の名は……ヤーン、です。でも……」ディンは身ぶるいし、泣きそうな声で答えた。「『なんてお名前だったの？』なんて……まるで、母が死んだみたいだ」

ゼアンは、はっとした。「ごめんなさい。そういうつもりでは――」

「ともかく」バルダがせきばらいをした。「七つの部族は、アディン国王と、デルトラのベルトのもとに結集したわけだ。でもなぜ、そんなことが、おれたちにとって重要なんだ？」

「さあな」ジョーカーは、はきすてるようにつぶやき、ふいに立ち上がると、たき火からはなれて、背をむけた。デインは、リーフをじっとみつめた。

「きみたちは、いろいろな人たちにたすけられて、ここまできたんじゃないのか。デルトラじゅうの、影の大王に抵抗する人びとが、きみたちに手をさしのべてくれた。そういう人びとが、きっとまた、たすけてくれるよ。もしも……」デインはジョーカーをそっと盗みみると、ふたたびだまりこんだ。

リーフは深く息をすうと、言った。「デインの言いたいのはつまり、デルトラ七部族が団結したからこそ、デルトラのベルトは完全な魔力をもった、ということだと思います。だから、いま、ぼくたちはふたたび七部族を集める必要がある——そういうことなんだろ？　デイン」

4 七部族

ジャスミンが、最初に沈黙をやぶった。「でも、七部族がいたのは、ずっとむかしの話でしょ。少なくとも、わたしはそう、きかされているわよ。……いまはもう、部族の血はたえてしまっているんじゃないかしら」

「いいえ。七部族の生きのこりは、いまもこの世にいるのです」ゼアンが言った。

「たしかにいま、デルトラ王国の人びとの多くは、自分がどの部族の出身かなど、考えもしないでしょう。トパーズを守っていたデル族は、王国じゅうに散らばっていきましたし、ほかの部族もだいたいおなじです」

「でも、ずっとおなじ場所に住みつづけている部族もいますよ」ピールが言った。

「たとえば、われわれトーラ族、それから『恐怖の山』の小人族――」

「小人族も、七部族の一つなんですか？」リーフは思わず声を高めた。

「ええ、そのとおり」ゼアンがうなずいた。「エメラルドは、小人族の宝石です」

何てことだ……。リーフは首を横にふった。ファ・グリンもグラ・ソンも、そんなことは言わなかった。彼らは知らなかったのだろうか。それとも知っていて、時がきたら話すつもりだったのか……。リーフはポケットをさぐり、小人族からもらった黄金の矢じりの入った箱をひっぱり出し、そっとふたを開けた。「この矢を放てば、『恐怖の山』の小人族はかならずかけつけてくれます」

「あなたたちには、強力な味方がいるんだな！」ピールが息をのんだ。

「これで、三部族の名がわかりましたな。トーラ族、デル族、小人族」ファーデイープがうれしそうに言った。「のこる四つの部族は？」

「ララド族も、歴史の古い部族だと言ってたぞ！」バルダがさけんだ。

「ええ、ララド族も七部族のうちの一つです。お知り合いでも？」ゼアンがきく。

「マナスという男が、『嘆きの湖』で、おれたちがルビーをさがすのを手伝ってくれたんです。ルビーはララド族の宝石にちがいない！」バルダがさけんだ。

リーフはポケットから筆記具をとりだし、メモをとりはじめた。

「じゃあ、『嘆きの湖』で、テーガンの呪いからときはなたれたドール族は？」

ジャスミンがきいた。すかさずジョーカーが答えた。

「彼らの祖先は、海をわたってやってきた。アディンが七部族を統合したあとに」

なんだ、きいていたんじゃないか。リーフは思った。七部族の昔話など、ばかばかしいなんてふりをしているが、やはり気になるのだ。

「平原族という人たちがいますよ」ゼアンが言った。「オパールを守っていた人たちです。それから、はばひろ川の上流一帯には、メア族が……」

「彼らの宝石はラピスラズリですね！」リーフは、メモをとりながらさけんだ。

ゼアンはうなずいた。「最後の一つはジャリス族で、このあたりに住んでいました。七部族のなかでいちばん気性がはげしく、優秀な戦士の集まりでしたよ。ダイアモンドを守っていました」

リーフは、作ったメモをかかげて全員にみせた。

部族	宝石	みつけた場所
① デル族	トパーズ(誠実) TOPAZ	沈黙の森
② ララド族	ルビー(幸福) RUBY	嘆きの湖
③ 平原族	オパール(希望) OPAL	ネズミの街
④ メア族	ラピスラズリ(神力) LAPIS LAZULI	うごめく砂
⑤ 小人族	エメラルド(名誉) EMERALD	恐怖の山
⑥ トーラ族	アメジスト(真実) AMETHYST	魔物の洞窟
⑦ ジャリス族	ダイアモンド(純潔・力) DIAMOND	いましめの谷

紙をかかげたまま、リーフは言った。「この旅のあいだ、ぼくはずっと、何かに導かれているような気がしていたんだ。でもこれで、はっきり言える。ぼくたちはいままでにきっと、七部族すべての子孫に会っているはずだよ！」

「ジャリス族だけは別でしょ」ジャスミンが口をはさんだ。「『魔物の洞窟』からこの谷へくるまで、知らない人にはひとりも会わなかったもの」

ジョーカーがふりむいた。「それはそうさ。影の大王軍が侵入してくると、ジャリス族は武力で祖先からの地を守ろうとした。だが、あの優秀な戦士たちでさえ、影の憲兵団にはかなわなかった。ジャリス族は皆殺しにされた――子どもたちまで。なんとか逃げおおせた者は、数えるほどしかいない」

「あら、ジョーカー。あなたもけっこう歴史にくわしいのね」ジャスミンがにくまれ口をきいた。

ジョーカーは、まゆをひそめ、暗い声で言った。「おまえたちがジャリス族の武力を期待しているなら、無理だと思うがね」

「軍隊はいりません」ゼアンはきっぱりと言った。

「兵をあげれば敵の目をひき、たちどころにやられるでしょう。部族を代表する七人だけを集めればいいのです。そのむかし、影の大王の侵略にくるしむすべての人びとのために、だいじな宝石をさし出した部族の子孫七人が、ベルトに手をのせ、デルトラ王国への忠誠を新たにすれば、すむのです」

「なるほど！」リーフの胸は、希望におどった。

デインは何も言わない。だがその目は、きらきらと輝いている。

バルダが口を開いた。「トーラ族なら、ここにおおぜいいる。代々デルに住んでいたリーフとおれは、デル族にちがいない。ララド族と小人族には知り合いがいる。だが、平原族とメア族、それにジャリス族は——」

「わしがメア族です」ファーディープがしずかに言い、みんなの注目をあびると、誇らしげにあごを上げてつづけた。「わしの生家は、アディン国王が国をおこす前から、リスメアにありましてな」

「では、平原族は？」ピールがつぶやいた。

「『ネズミの街』のそばの平原、チュルナイの人たちが、そうだと思うんだけど」

ジャスミンがつぶやいた。「あの街には、味方がいるの。ティラという女の子よ」

バルダが首を横にふり、きっぱりと言った。「無理だ。いま、ティラがチュルナイの街を出ようとしたら、ぜったい殺される。デイン、ひょっとしておまえのおやじさんが、平原族だなんてことは……？」

「いいえ」デインが残念そうに言った。「たしかに、うちの農場はここから東に少しいったところだけど、父の親戚はみんなデル族だったから……。でも……」

デインはすがるような目つきで、ジョーカーをみつめた。

ジョーカーはため息をつき、輪のなかにもどってくると、ぼそっと言った。

「リーフ、おまえは、自分が何かに導かれて旅をしているようだと言ったな。おれは運命というやつを、ほとんど信じない人間だが、じつはたまたま、身近に平原族の男がいるんだ。やつの家族は……普通とはいえないが、ともかく、平原族であることはたしかだ。声をかければ、やつはよろこんで手をかしてくれるだろうよ……兄貴といっしょにな」

リーフはぞっとした。「もしかして……ルーカス……ですか？」

ジョーカーの顔が、いたずらっぽくゆるんだ。「そう。そして……兄のスカールだ。ふたりをひきはなすことはできんからな」

「ふたりとは、なおさら結構」ファーディープが、力をこめて言った。

バルダ、リーフ、ジャスミンは顔をみあわせた。あの兄弟を仲間に入れて、ほんとうにいいのかどうか……。だがファーディープは、三人のとまどいに気づかずつづけた。「ありがたい。あとはジャリス族をみつけるだけだ」

すると、ゼアンがジョーカーのほうをむいて言った。「今度も、あなたが力になってくれそうね。ジャリス族の伝説をあなたに話してくれたのは、どなた？その人こそ、数少ないジャリス族の生きのこりじゃありませんか？」

ジョーカーは顔を輝かせた。「なるほど、そのとおりだ！　あの男が必要なら、いつでもつれてきますよ。やつがくわわれば、きっとこのさき、おもしろいことになるだろうよ。ルーカスが仲間になるのとおなじくらいにな」

「ほんとうですかな？」ファーディープが身をのり出して、きいた。

「それはもう。やつはなかなか魅力的な男ですよ。グロックという名のね」

バルダ、リーフ、ジャスミンは、あっと息をのんだ。

「あんなやつ、仲間に入れるわけにはいかないわ！」ジャスミンが言い放った。

「だったら、ジャリス族は永遠にみつからないということになるな」ジョーカーは言いかえした。「グロックはたぶん、おれが知っているただひとりのジャリス族だ。影の大王から逃れたほかのジャリス族は、みんな死んでしまっただろう。グロックもそう言っていたよ」

「だったら、グロックさんがどんな人であれ、仲間に入ってもらわねばなりませんね」ゼアンがしずかに言った。「で、その人はいま、どこにいるのですか？」

ジョーカーはまた、ため息をついた。「デルの近くの『ベタクサ村』という場所に、『レジスタンス』の東のかくれ家がある。やつはそこで、いざこざを起こしつづけているよ。いつものことだがな」

「これで、七部族がそろったわけですね」ゼアンは言った。「ねえ、ジョーカーさん。これでは、いくらあなたでも、わたしたちが何かの力に導かれていると、認めないわけにはいかないでしょう」

ジョーカーは、ますますしかめつらになる。やがてバルダのほうをむくと、決心したように言った。「いつかおまえさんは言った。時がきたら、手を組んでデルトラのために戦おうとな。どうやらいま、その時がきたらしい。おれのほうから望んだわけではないがな」

「わたしたちだって、あなたと手を組みたいなんて思ってないわよ！　あなた、自分が何様だと思ってるの？」ジャスミンがきつく言いかえした。

「べつに……」ジョーカーはつぶやいた。「ただ、おまえたちも、それほどおろかではないと、思ってはいたがね」

「あんたの言うとおりだ。おれたちは、おろか者の集まりじゃない」バルダは、ジャスミンを目でだまらせると言った。

ジョーカーの口もとに、皮肉なえみがうかんだ。「だったら、計画を立てようか。まずは、ララディンと『恐怖の山』に伝令を出す」

「どうやってよ？」ジャスミンがつめよる。

ジョーカーは言った。「それは、おれにまかせてくれ。『レジスタンス』にもたよれる味方はいる。七部族が集まる場所は、『ベタクサ村』ではどうだ？」

リーフは一瞬、不安になった。なぜジョーカーは、ぼくたちをデルの近くにつれていきたがるのか。まるで、影の大王のふところにとびこむようなものだ。

もしかして……そうか……ジョーカーの考えがわかったぞ。『ベタクサ村』は「レジスタンス」のかくれ家だ。そこなら、何ごともジョーカーの思いどおりになる……。

バルダも心配になったらしい。「なぜ、『ベタクサ村』なんだ？」と、きびしく問いつめた。

ジョーカーはため息をついた。「世継ぎをさがし出せなければ、すべてが水の泡になるんだろう。それなら、王の一家がかくれていそうな場所の近くに陣どるのがいちばんだ。いいか？　エンドンとシャーンは、デルからトーラまでいくつもりだった。ところがデルを脱出してすぐ、トーラ族から、保護をことわる手紙をうけとった。トーラ族は、すぐ返書を出しただろうからな」

ゼアンとピールは、にがい顔でうなずいた。トーラ族が誓いをやぶった日のことを思い出したにちがいない。

ジョーカーはたんたんとつづけた。「国は荒れている。どこへいっても危険だ。王妃はみごもっている。だったら、近くにかくれ場所をみつけるのがふつうじゃないか？　つまり、デルと『いましめの谷』のあいだのどこかにな」

リーフの背中にふるえが走った。ぼくたちは、七つの宝石を求めて国をひとまわりし、ついにお世継ぎがかくれている場所にたどりつくのだ！　デルの街の西のどこかに、王の子はいる。エンドン国王とシャーン王妃が、ひっそりと子どもを育てられる場所――いったい、それはどこだ？

リーフの頭のすみに、何かがひっかかっている。何だろう？　つい最近、耳にしたことだが、どうしても思い出せない。

「いましばらくはこの谷にとどまりなされ。そのほうがよい。ここを出たとたん、影の大王にみつかりますぞ」リーフたち三人にむかってファーディープは言った。

「ルーカスのほろ馬車に乗せてもらえば、みつからないわ。それに、ジョーカーは、そう思ってないみたいだけど、影の大王は西のほうを集中的にさがしているはずだし」ジャスミンは、すぐにでも出かけようと言わんばかりだ。

「だったら、念には念をいれよう」ジョーカーはピールのほうをむいた。「あんたは、バルダと背かっこうがだいたいおなじだな。それから」ジョーカーは、リーフとジャスミンを指さして言った。「トーラ族のなかから、この子たちとよく似た子をふたり、出してもらいたい」

ピールはだまってうなずき、問いかけるようにジョーカーをみた。

ジョーカーは説明した。「かえ玉を、トル川の近くに出したいんだ。男と、少年と、黒い鳥をつれた少女の三人組の。服は、ルーカスが準備してくれる。そうすれば――」

「だめよ！　そんな危険なこと！」ジャスミンがさけんだ。

「あなたがただけが、危険をひきうけることはないのですよ」ピールがおだやかに言った。「これは非常にうまい計画ですし、トーラ族は、これにくわわる義務があります。わたしたちは、この追放の地で一生を終えるかもしれない。でも少なくとも、追放される原因となった大きなあやまちを、つぐなおうとすることはできるのですから」

「みなさんは、いつかかならずトーラに帰れますよ」リーフは心から言った。「デルトラのお世継ぎがゆるすと言えば、いましめは解けるはずです」

ゼアンは顔を上げ、重々しく言った。「そうかもしれませんね。でも、いまはまず、王の子をさがしだすことを考えなくては。トーラ族は、トーラ族の役割を果たしましょう」

ゼアンは、リーフとジャスミンを注意深く観察し、リーフに言った。「そのマントは、お友だちのルーカスさんから買ったものではありませんね。その布地はとても貴重なもの。トーラの織物に負けないすばらしさですよ。どこで手に入れたのですか?」

「母がぼくのために、織ってくれたんです」リーフは、マントにふれた。

ゼアンはおどろいたように、まゆを上げた。リーフの心に、よろこびと同時に痛みがあふれた。母の腕前をほめられたのは、誇らしく、とてもうれしい。だが、その母はいま、どこでどうしているのだろう。

その日の午後は、あっという間にすぎた。あとから思い起こそうとしても、リーフの頭には、こまぎれの場面しかうかんでこない。

まず、デインがいそいで、ルーカスをつかまえにいった。ファーディープは、せっせと食料を用意する。リーフとジャスミンのかえ玉に選ばれたトーラ族のふたり、クリスとローランが目を輝かせてやってきた。ローランはつややかでまっすぐな髪を、ジャスミンそっくりの、もしゃもしゃ髪にしてたばね、クリスは長い黒髪を、リーフとおなじくらいに刈りつめてもらった。リーフは黄金の矢じりを手にした。木々の枝には黒い鳥たちがとまって、出発をまっている。

やがてルーカスのほろ馬車が、谷をゆっくりと進んできた。ルーカスはうなずき、バルダが七部族の代表にあてて書いた伝言を読んだ。

やがてルーカスは、ファーディープのハチの巣の横にひとりですわると、ぶつぶつつぶやきながら、光に舞うほこりのなかに指で何かを書きはじめた。やがてハチは、木々のこずえにかかる霧をついて舞い上がり、いっせいに、はばひろ川めざして飛び去った。

夕方。三つの人かげが、ファーディープの小屋の前にあらわれた。ひげの大男、長いマントをまとった少年、いかにも野育ちの少女が腕に黒い鳥をとまらせている。リーフたちとそっくりの三人だ。ジョーカーが満足そうにうなずく。ゼアンも誇らしげに胸をはったが、その目には不安がやどっている。ピール、クリス、ローランは、それぞれの家族とだき合い、しずかに危険な旅路についた。

夜。息づまるような寝ぐるしさのなかで、リーフはゆっくりと、夢の世界にひきずりこまれていった。

夢のなかで、リーフは何かをけんめいにさがそうとしている。だが、足が動かない。両手はしばられ、目かくしをされている。目かくしがはずれると、無数の仮面の顔が、じりじりとせまってきた。リーフは思わず目をつぶった。

おそるおそる目を開けると、あたり一面に、深紅と灰色のもやもやとしたものがうごめいている。目の前のもやに、ぽっかりと開いた暗黒の淵が、いまにも襲いくるかのように息づいている。黒い淵が、彼の名をよんだ。

「リーフよ」

5 伝言

ルーカスのほろ馬車は、でこぼこ道を走りつづける。リーフたちは、暗くせまい馬車のなかにうずくまり、何時間も馬具の音や、車輪のきしみ、ふたりぶんの歌声をきいていた。

みえるかな　ほい　いるのかな？
オルちゃん　どこだ？　ごきげんいかが？
ぶよぶよ　まぬけなオルちゃんよ　ほい！
おれのじゃませず　消えとくれ！

出発前の会議で、全員がいっしょに動くと、敵の目をひきすぎるという意見が出た。そこで一行は、二組にわかれることに決めた。リーフ、バルダ、ジャスミンとルーカスは、ほろ馬車が通れる道をいくことになった。いまごろデイン、ジョーカー、ファーディープ、ゼアンは、道なき山のなかを進んでいることだろう。

わかれぎわに、ジョーカーは言った。

「いざとなれば、ルーカスとスカールほど、たよりになるやつはいないぞ」

リーフも、心からそう思う。だが、御者台で声を合わせて、奇妙な歌を歌っているこの兄弟の正体を考えると、鳥肌がたつのをおさえられない。

バルダは訓練された戦士らしく、どこでも眠ることができる。荷台の上のぼろ布の山によりかかったと思うと、あっという間に寝息をたてはじめた。

だがジャスミンは、ちっとも寝つけないらしい。クリーがその横で羽を逆立てて体をまるめ、フィリはジャスミンの上着のなかで眠りこけている。歌声がまたきこえてきた。ジャスミンはまゆをひそめた。

「陽気なのはいいけど、あのめちゃくちゃな歌詞は何よ！　たまらないわ！」

まったくだ。リーフはため息をつき、きくともなしに歌詞を追った。

それでは　止まって　ひと休み
ほれほれ　ごらん　みてごらん
ゆく手は林　アクババいない
オルちゃん　どっかへいっちゃった　ほい！

リーフは、はっと身を起こした。これは、ただのでたらめな歌ではない。ルーカスは道みち、外のようすをリーフたちに伝えていたのだ。
「もうすぐ休憩だ！」リーフは、うれしそうにジャスミンに言った。「あと少しで、馬車をおりて、足をのばせる。ゆく手は林で、オルやアクババの気配はまったくないってさ」
ジャスミンはリーフの顔をのぞきこむと、ふっとため息をついた。リーフもついに、つかれておかしくなったか、と思ったらしい。

リーフたちからはるか遠くの地。しわくちゃのりんごのような赤ら顔の老婆が、水の流れをのぞきこんでいた。まるまると太った老婆の頭上には、ハチの群れがうなっている。

足もとの水のなかでは、大きな銀色の魚の群れが、あぶくをふきながら泳いでいる。あぶくはつぎつぎと奇妙なもようを作りながら、水面にうき上がってくる。

やがて、老婆は腰をあげ、流れに背をむけると、何枚ものショールを重ねて肩にかけた。そのとき、頭上のハチの群れが、水面のあぶくもようをまねながら、老婆の前で舞いはじめた。

「よしよし。かしこい子たちだ」老婆は満足そうにつぶやいた。「南に住むおまえたちの姉妹が、この魚たちにあずけた伝言だよ。さあ、今度はおまえたちが伝える番だ。おいき！」

ハチの群れはうなりながら、黒い矢のように飛び去った。

「レジスタンス」の西のかくれ家から、デル城の元曲芸師、ジンクスが出てきた。うう寒い。ジンクスは身ぶるいし、雲一つない空をみあげた。黒い鳥の一団が飛んでいく。ジンクスは手をかざした。

鳥か？　いや、オルかな？　オルは、あんなに高く飛ばないか……。だが、あっちは『恐怖の山』じゃないか。本物の鳥が、あんなほうへ飛んでいくだろうか。

そのとき、鳥の群れのまんなかで、何かがきらりと光った。まるで金属板が、太陽の光をうけて輝いたような感じだ。オルだか鳥だか知らんが、何の目的でそんなものを運んでいくんだろう？

いや、これは目の錯覚か？　おれもつかれているんだな。ジンクスはあくびをすると、ほら穴のなかへもどっていった。

『トムの店』の横でやっている小さな居酒屋では、トムが、影の憲兵団にビールをふるまっていた。

「最近このあたりで、お仲間をよくおみかけいたしますなあ」トムは気軽に言った。「きのうもたくさん、おみえになりましたよ」

ひとりの憲兵が不満げにうなると、ビールがなみなみとそそがれたジョッキに手をのばした。「みんな、西へ進軍していくんだ。これからも、どんどんくる。だがおれたちの部隊は、このまま北東部止まりだと。まったく運が悪いよ。ほんとうの戦いがしたいもんだぜ」

「ははあ、戦いですか」トムはわらうと、ビールの入ったマグをくばった。

「おい！　口がかるいぞ、七号！」と、べつの憲兵がたしなめた。

トムは、まゆを上げると言った。「あたしは、ちっぽけな店のおやじです。こんなしょぼくれたおやじに何をおっしゃっても、害はありますまいよ」

「じゃ、言うがな、しょぼくれおやじ！」七号とよばれた憲兵がわめいた。「このビールは、マドレットのしょんべんみたいな味がするぞ！」

居酒屋は、ばかわらいにつつまれた。

そのとき、となりの『トムの店』のベルが鳴った。トムは憲兵たちにあいさつして居酒屋を出ると、ドアをうしろ手に閉めた。となりの店のなかでは、一組の男女がまっていた。ふたりとも、寒さよけにしっかり着こんでいる。

「いらっしゃいませ！　何をさしあげましょうかね？」トムはきいた。

女がだまって、ほこりだらけのカウンターに、指でこう描いた。

トムは、手でさりげなくマークをぬぐうと、カウンターの下から包みをとり出した。「はいはい、これが、ご注文の品でございますよ」トムは包みを女にわた

すと、すばやく居酒屋のほうを盗みみた。

「ニュースがある」トムはささやいた。男女の客がトムのほうへかがみこむと、トムは手早く説明をはじめた。

『恐怖の山』の頂上では、小人族のグラ・ソンが、弓に矢をつがえて、近づく黒い鳥の一群をまちかまえている。

小人族は、リーフたちが去ってからもずっと、液がいっぱい入ったガラスびんを、山のふもとにとどけつづけてきた。火ぶくれ弾の材料として、影の憲兵団にわたしているのだ。だが、びんの中身は怪物ゲリックの猛毒ではない。ブーロンの樹液を水でうすめた、ただの色水だ。液の色はそっくりだから、火ぶくれ弾が実際に使われるまで、すりかえに気づかれる心配はなかった。

だが、ついに、その時がきたにちがいない。影の大王は『恐怖の山』の小人族のうらぎりに気づいたのだ。むかってくるあの黒い鳥の群れが、何よりの証拠だ。

それなら、こちらにも覚悟はある、とグラ・ソンは思った。つぎの瞬間、彼女のうしろでカサコソと音がした。ふりかえると、キンの子、プリンが立っている。

「鳥よ！　黒い鳥がくる！」プリンはさけんだ。

「あたしもみたよ」グラ・ソンは、ひくい声で言った。

鳥の一団が近づいてくる。いまだ。グラ・ソンは、弓をひきしぼった。そのとき、一羽の鳥が群れからはなれた。くちばしに、黄金色に輝くものをくわえている。アクババではない！　鳥が着地する前に、グラ・ソンはさけんでいた。

「金の矢じり！　合図だ！」


ラディンの街で、畑仕事をしていたマナスはふと顔を上げた。うるさいハエだな。彼は目をしばたたかせた。ん？　これはハエじゃない。ハチだ。マナスは、飛びまわるハチをみつめて、まゆをひそめた。

しかし、変な飛びかたをするハチだな。花のまわりを飛ばずに、群れをなして空中を飛びまわっている。まるで、何かのもようを描くように……。もよう？

……あ！　マナスは、思わず手からすきをとり落とした。そしてすわりこむと、長い指を土の上に走らせ、ハチの描くもようをうつしていった。

マナスは立ち上がり、土にうつしとったもようをみつめた。
「ひとりで――きてくれ――友のところへ――いそげ――自由のために」
谷を出発してから何日もたった。リーフ、バルダ、ジャスミンはあいかわらず、きゅうくつなほろ馬車の旅をつづけている。ルーカスは歌で、アクババが頭上を飛んでいるとか、いろいろなものに化けたオルが道ばたでみはっているなどと教えてくれた。だが、アクババやオルは、ほろ馬車には目もくれない。影の大王がみはれと命じたのは、男と少年と、黒い鳥をつれた野育ちの少女だったからだ。

すぐ目の前は　ふたまた道だ
オルちゃん！　ほいほい
日ぐれは近い
オルちゃん　早く　お帰りよ　ほい！

数分後、ほろ馬車は止まった。うしろの扉が開き、リーフたちがころがり出てくる。日が落ちたばかりのうす明かりのなか、けわしい岩山がたちはだかっている。それをはさみこむように、道がふたまたになっていた。右の道は広く、左はせまい。まんなかに標識が立っていた。右は「デル本道」、左は「はばひろ川」と書いてある。デルという響きのなつかしさに、リーフは胸がつまる思いがした。

「これから、右の道をいって、デルへむかうわけですがね。これまで、わたしもジョーカーも通ったことのない道です。ジョーカーはいつも、このあたりから道をはずれて、山のなかに入ってしまうんです。海岸線がみえなくなる山道を進むのは危険だが、そのほうが好みだといってね」

「わたしも、そっちのほうが好きだわ」ジャスミンが言った。

「おれもだ」バルダも同意した。「だがいまは、外を歩くより、ほろ馬車のなかにかくれていくほうがいい。敵にみつからないことをいちばんに考えよう。もしみつかれば、おれたちに変装して西を進んでいる三人の命が、むだになる」

リーフは、「デル本道」と書かれた右の道をながめた。あの晩、エンドン国王とシャーン王妃も、デルから脱出するのに、きっとこの道を通ったにちがいない。出産間近の王妃に、山道はとても無理だ。

リーフは、運命の晩のようすを心に描いてみた。デル本道は、街から逃げだす人びとで大混雑だったろう。かなしげに物語る父の声が、耳によみがえってくる。

「おまえのおかあさんとわたしは、人びとが逃げまどうなか、戸を閉めきって鍛冶場にこもっていた。大騒動が終わり、門を開けると、なんと、あたりには人っ子ひとりいない。友だちも近所の人たちも、古くからのお客も、みんないなくなってしまっていた。憲兵につかまったり殺されたり、逃げたりしてな」

「大変なことになっているだろうと、予想はしていたのよ」母が、父の言葉をひきとってつづけた。「でも、あそこまでひどいとは思わなかった。デルの街に、ふたたび人がもどってくるようになるまでには、長い時間がかかったわ。そのころには、おとうさんもわたしも、これからどうやって生きていくか、心に決めていたの。そして、わたしたち家族が無事だったことに、心から感謝したわ。おまえが生まれ、すくすくと育っている――わたしたちの、だいじなおまえがね。でも……」母のよくとおる声がふるえた。「わたしたちは、逃げたあの人たちの身の上が心配で……」

逃げたあの人たち……。

エンドン国王とシャーン王妃は、そまつな作業着に身をつつみ、逃げまどう人たちのなかにまぎれこんだのだろう。そして、わけもわからず西へ逃げる人たちといっしょに歩きつづけた。やがて、黒い鳥がトーラ族からのことわりの手紙をもってきたとき、ふたりは、これ以上西へいってもむだだとさとったのだろう。それから？　そう、ふたりは本道をはなれ、近くにかくれ場所を求めたにちがいない。エンドン国王は、デルトラのベルトがふたたび自分のために輝くことはないとわかっていた。デルトラの再建は、生まれてくる世継ぎの肩にかかっていると。ともかく、安全に子どもを産める場所をさがさなければ、と国王夫妻は思ったはずだ。だが、それはどこなんだ？

「リーフ、早く！　今晩、寝とまりできる場所をさがさなくちゃ」

ジャスミンの声でリーフは現実にもどり、ほろ馬車をふりかえった。だが心はまだ、自分が生まれる前の時をさまよっている。顔さえみたことがない「あの人たち」は、どうやってかくれ場所をみつけたのだろう？

6 危険な道

つぎの日。出発するときは、いまにも雨がふりそうだった。だがリーフたちはやる気にあふれていた。ルーカスから『ベタクサ村』には日没前につくときいていたからだ。ところがほろ馬車が走りだすとすぐ、悪い知らせが歌でやってきた。

逃げる　戦う　どっちにするね
オルちゃん　オルちゃん　考えて　ほい！
右に曲がれば　『ガブリ草原』
前にまつのは　憲兵団　ほい！

「『ガブリ草原』って、何かしらね？」ほろ馬車がガタンと止まると、ジャスミンがささやいた。

「どっちにしても、影の憲兵団よりはましだろうよ。どうやら、憲兵団が前にいるらしいな」バルダはささやきかえした。

ほろ馬車の扉が開き、ルーカスがなかをのぞきこんだ。

「検問のようです。憲兵団は、全部のほろ馬車を調べるつもりでしょう」

ルーカスは、馬車のひとすみからビールのたるをもち上げた。そのすきに、リーフたちが道におりる。ちょうど道の曲がり角に止めてあるほろ馬車の影になって、リーフたちが憲兵にみつかるおそれはなかった。だが、ほろ馬車が動きだしたら……。

リーフはすばやく、逃げ道をさがした。一方は崖。反対側には草原がひろがり、そのむこうに木が密生した小高い山が連なっている。

「山のほうへ逃げなさい。『ガブリ草原』をぬけて!」ルーカスがささやいた。

「運がよければ、憲兵たちに気づかれなくてすみます。あとで合流しましょう。

気をつけて。わかってますね、石を――」

そのとき、前方から野太いどなり声がきこえた。ルーカスは扉を閉め、ビールのたるをかついで、ほろ馬車の前にまわった。「はいはい、すぐまいりますよ。ビールはいかが？」

ルーカスが御者台にのぼる音がきこえ、ほろ馬車が動きだした。

クリーが山のほうへ飛び立つ。リーフたちは、道ばたのみぞにころがりこんだ。

「『ガブリ草原』？　だれかが、ガブリとかみつくのか？」バルダが草原をみまわして、ひとりごとを言った。

なるほど、目の前の草原には人っ子ひとりいない。変わったことといえば、草原が緑色に光っていることくらいだ。平べったい緑色の葉を円陣のようにひろげた草が一面においしげり、ほかの草が顔を出すすきなど、とてもなさそうだ。それにしても、すごい緑色だなと、リーフは思った。まるで、トカゲの背のような緑色のじゅうたんをしきつめたようだ。

リーフは、ほろ馬車が進んだほうに目をやった。ルーカスのほろ馬車が、もうすぐ憲兵たちのところへつく。憲兵は十人。一部隊全員が集合している。道路はたおれた木々でふさがれていた。あちこちに、ゴミや空きだる、空箱などが山づみになっている。憲兵たちは、何か月もここに駐とんさせられているらしい。きっと、おなじような毎日にあきあきして、うっぷんばらしをしたがっているんだろうな。リーフの心はしずんだ。そのとき、ひとりの憲兵がさけんだ。

「おう、ありゃ何だ？　でかいダニとぼろ馬のコンビがやってくるぜ」

どっとわらい声がして、ルーカスをまぢかにみた憲兵たちは、ほろ馬車のまわりに集まってきた。

「いまだ！」バルダがささやいた。

三人はリーフのマントにかくれて、そろそろと歩きだした。だが、三歩と進まないうちに、バルダがうめき声とともによろめいた。同時にジャスミンが、あっと声をたてて、ひざまずいた。

リーフはすばやくふりかえると、ふたりをたすけようとかがみこんだ。ところが、体勢をたてなおそうと草の上に左手をついたとたん、地面がガブリとかみついた。左手に焼けるような痛みが走り、リーフはひきたおされた。

左手が、平たい葉の草の中心にすいこまれていく。草は、あっという間にリーフを腕までのみこみ、どんどんひきずりこんでいった。

リーフは、おそろしい草からはげしく腕をひきぬいた。かまれた手は、血にそまっていた。そのとき、いままで左手をのみこんでいた草が、ふたたび口を開けた。リーフは目をむいた。これは、口だ！　赤いはんてんのある、ぶよぶよした口。するどい歯がずらりとならぶ口の奥に、地中深くまで穴がつづいている。

（人食い草だ！　『ガブリ草原』のガブリ草！　ルーカスは、ぼくたちが知っていると思って……）

リーフの横で、ジャスミンがガブリ草から片足をひきぬこうと、必死でもがいている。ポケットのなかでフィリが恐怖に鳴きわめく。クリーが舞いもどってき

たが、どうすることもできない。ジャスミンのうしろでは、バルダが両足をとられて、ずるずるとひきずりこまれていく。

リーフはまず、ジャスミンの両腕をとって、ひき上げはじめた。血だらけの足が、ゆっくりと地面に上がってきた。すると、ジャスミンのまわりで、ガブリ草がつぎつぎに口を開けた。

ほろ馬車のほうから、憲兵団の陽気な声がきこえてきた。リーフは一瞬、みつかったかと思った。だがみると、憲兵たちは全員、彼らに背をむけている。ビールのたるのまわりに集まり、つぎつぎとビールをついでいるのだ。

「バルダ！」ジャスミンが、声をつまらせてよんだ。

バルダはいま、両手両足を草にかみつかれて、身動きがとれなくなっていた。血を求めてぱっくりと開いたおそろしい口が、もうすぐ顔までせまろうとしている。バルダの体が、刻々としずんでいく。

まてよ。リーフは思った。なぜ、ぼくは、しずまない？　そのまま下に目をうつすと、答えがわかった。草の色がちがう！　ぼくがふんでいるのは、毒々しく光る緑色ではなく、若草色の草の一画だ。よくみると、若草色の草の下に、平たい石があるのがみえた。石？　とたんに、ルーカスが言いかけた言葉が、頭によみがえった。「わかってますね、石を――」

そうか！　リーフは必死で目をこらした。まちがいない。草原の毒々しい緑色のなかに、若草色のもようが点々とつづいている。そこに、ふみ石があるんだ！　この若草色の草は石の上にも生えるが、ガブリ草は土がなければ育たないんだ。

リーフとジャスミンはいま、若草色の草の上、つまりふみ石の上に立っている。だがバルダは、毒々しい緑色のガブリ草のまんなかにたおれていた。すぐ横に、くねくねとつづくふみ石があるのに。

「ジャスミン！　若草色の下はふみ石だ！　それをふんで、バルダのところまでもどってくれ！」リーフはさけんだ。ジャスミンが言われたとおり動きだすと、リーフも、ベルトにはさんだロープに手をかけてつづいた。

ジャスミンが短剣をふりまわして、バルダにとりついているガブリ草に切りつける。リーフが追いついたときには、草はふるえ、勢いを弱めていた。

リーフは思いきってガブリ草の上にかがみこみ、バルダの体にロープをまわしてむすぶと、力をこめてひっぱった。「がんばってくれ、バルダ！」リーフは全力でロープをひっぱった。バルダもありったけの力をふりしぼって、身をよじる。

やっと、バルダの両腕が解放された。上着のそではぼろぼろにやぶれ、血だらけだ。ガブリ草が、血を求めて口を開けた。

ジャスミンは歯を食いしばって、バルダの足のまわりの平たい葉を短剣で攻撃しはじめた。リーフはまた、ロープをひいた。バルダはもう、身をよじることもできない。ガブリ草にかまれた傷の血が止まらず、ほとんど意識がないのだ。じれったいほどゆっくりと、バルダの両足がぬけ出てきて、ついに全身をひき出すことができた。

ジャスミンとリーフはバルダを半分背負い、半分ひきずるようにしながら、ふみ石をわたって山のほうへむかっていった。

ほろ馬車のほうで、憲兵たちの声が歓声に変わった。また新しい気ばらしをみつけたらしい。五人の憲兵がルーカスをおさえこんで短剣をつきつけ、あとの五人が馬を『ガブリ草原』のほうへひいてくる。馬がガブリ草に食われるのを見物しようというのだ。おびえた馬はあとずさりし、うしろ足をけりあげていななく。

憲兵たちが大わらいする。ルーカスの必死のさけびがきこえた。だが、五人がかりでおさえこまれて、ルーカスの姿はまったくみえない。

リーフはぞっとしてさけんだ。「ジャスミン！　いそげ」

すぐそこに、身をかくせる木立がある。あと二、三歩だ……。

そのとき、背筋もこおるようなうなり声がきこえた。リーフは目を上げた。憲兵たちが、両手で目をおおいながらたおれていく。ルーカスが、全身から目もくらむような黄色の光を放ちながら、よろよろとあとずさりしている。そのとき、ルーカスの前に、黄金色に輝くもうひとりの男の姿があらわれた。かっ色の髪をなびかせた、黄金色の巨人。

「スカールだ！」リーフはつぶやいた。

黄金色の毛におおわれた巨体。怒りに燃える黄色の目。太い指のさきのするどい茶色のかぎ爪。巨人はまず、おびえる馬をつまみ上げ、安全な場所へおいた。それから、けもののようなうなり声をあげると、泣きさけぶ憲兵たちをひとりずつつまみあげ、その手足をちぎっては投げ、ちぎっては投げはじめた。

リーフとジャスミンは、おそろしさに身動きもできない。ようやく立ち上がったルーカスが、リーフたちをみて、わめいた。「逃げろ！　兄貴があばれだしたら、もう止められない。兄貴からかくれるんだ！」

木立の下へ逃げこんだリーフとジャスミンは、バルダの傷に包帯を巻き、その体を毛布でくるむと、女王バチのハチミツをなめさせた。だが、出血は止まらず、バルダは身じろぎ一つしない。つめたい雨が、はげしくふりはじめた。

リーフは、あわてて雨宿りできる場所をさがしに出た。すると、まるで祈りに応えるかのように、すぐ近くのやぶのなかに、古い石の小屋がみつかった。考えてみれば、あんなふみ石が、草原に自然にできるはずがない。ふみ石はむかし、この小屋に住んでいた人が作ったのだろう。

リーフとジャスミンは、バルダをなんとか小屋の前までひきずっていった。クリーが心配そうに、頭上を飛んでついてくる。入り口からのぞいてみると、なかはまっ暗だ。小さな窓はどれもほこりだらけで、光が入ってこないのだ。部屋はかびくさかったが、ともかく雨風は十分にしのげる。だんろには、たきぎと干し草の束までおかれていた。

ふたりは、バルダを小屋のなかへひきずりこんだ。ジャスミンがだんろにかけより、すぐ火を起こした。たきぎがはじけて、勢いよく炎が上がる。小さな部屋のなかが、ぱっと明るくなった。

ふと、部屋のすみに目をやったリーフは、ぎょっとした。

二体の人骨が、壁によりかかっている。骨には衣服の切れはしがはりつき、頭蓋骨にはまだ毛がのこっている。どうやら、一組の男女がここで死んだらしい。しかも、女の腕のなかには、肩かけにくるまって、もう一かたまりの骨がだかれている。生まれて間もない子どもの骨だ。

リーフは、額に冷や汗がふき出すのを感じた。だが、気をとりなおして、一歩、また一歩と近づいてゆく。

男の骸骨の足もとに、何かがおかれている。ブリキの小箱だ。

「さわっちゃだめ！」ジャスミンが悲鳴をあげたが、リーフはやめない。箱をとりあげると、ふたを開けた。なかには、黒いインクで何か書かれた紙が入っていた。リーフはその文をすばやく読んだ。おそろしい言葉が目にとびこんできた。

リーフはふるえながら、深く息をすった。

「何て書いてあるの？」ジャスミンが小声できいた。

リーフは読みあげた。自分のものとは思えないような、細くかすれた声で。

トーラはわたしをみすてた。
寒い。食料も。
たすけてくれる友もない。
愛する妻シャーンは死に、
生まれた男子も世を去った。
わたしもすぐふたりに
つづくことになろう。
偉大なるアディン国王の血は、
わたしで絶たれる
デルトラ王国は、
わたしとともに終わる。

デルトラ最後の王
エンドン

リーフは紙をくしゃくしゃににぎりしめ、男の骸骨をみつめた。目の前の光景を信じることができなかった。

デルトラの世継ぎは、安全なかくれ場所でリーフたちをまっていたのではない。とっくに、この世を去っていたのだ。

「エンドンは、とても王とはよべないような男ね」ジャスミンが、はきすてるように言った。「めめしくて、自分勝手で。やっぱり、わたしの想像どおりの、どうしようもないやつだったわ」

リーフは、なんとか口を開くと言った。「それは言いすぎだよ、ジャスミン。愛する者をすべて失ったあとで書いたものだ。エンドン国王は、絶望していたんだよ」

「身から出たさびじゃないの!」ジャスミンは言いかえした。「こいつが、自分の力で生きる勇気さえもっていたら、わたしの両親が生きぬいたように、こいつも、王妃も、王子だって、死ぬことなんてなかったのよ。ここにはたきぎがある。

さっき小川の音もきこえたから、飲み水だってあるはず。木の実も、野草もある
じゃない」
ジャスミンはくやしそうに頭をふりたてた。「それなのに、何よ！　だれかが
手をさしのべてくれるのをまつだけで、自分も家族も自力で守ろうとしないなん
て！　だからこんな、さびしい場所で、のたれ死にすることになったのよ。飢え
と寒さにくるしんで。妻も、生まれたばかりの子どもまで死なせて……」
ぼろ布にくるまれ、女の腕に抱かれた小さな遺骨に目をやると、ジャスミンは、
はらはら涙をこぼした。
リーフは暗い声で言った。「真相は永久にわからないよ。でも、これだけはた
しかだ。アディン国王の直系の王子がいないなら、デルトラのベルトがあったっ
て、国は救えないということさ」
胸がつまり、はきけがする。いま、バルダは死にかけている。最初から負けと
決まっていた戦いのために。ぼくの両親だっておなじだ。おかあさんもおとうさ

んも、どれほどつらい目にあったことだろう。こんな無意味な戦いのために！　おとうさんは、親友をたすけ、デルトラのお世継ぎをかくまうつもりで計画を立てた。その結果がこれだ。王子は死に、国王の血は絶えた。どんなにあがいても、とりかえしはつかない。

王子が生きているかぎり、デルトラのベルトはこわれない？　そんなうそを、おとうさんにふきこんだやつは、いったいだれだ！

『デルトラの書』に書かれていたのか？　リーフは記憶をたどった。ちがう！　そんなこと、あの本にはひとことも書かれていなかった。なぜ、いままでそのことに気づかなかったんだ？

ぼくが、おとうさんの話をうのみにしたからだ、とリーフはにがにがしく思った。おとうさんだって、だれかの言ったことを信じたにちがいない。だれかとは？　そう、たぶん当時の主席顧問官プランディン――いや、エンドン国王本人かもしれない。リーフは絶望のあまり、うなだれた。

7 ベタクサ村

ほろ馬車はゆれ、たづなの鈴がしきりに鳴る。だが、ルーカスの歌声はきこえない。うす暗い馬車のなかには、バルダが横たわっている。その左右にリーフとジャスミンがすわり、傷ついたバルダを、なんとか、ひどいゆれから守ろうとしている。リーフは、ここ数時間のできごとを思い出していた。

リーフたちが石造りの小屋に入ってから、一時間ほどしたとき、ルーカスが三人をさがしにやってきて、三体の骸骨と箱のなかの遺書をみた。その直後のできごとを思い出し、リーフは思わず身ぶるいした。

ルーカスの顔がとつぜん暗くなり、胸がふくらんだ。ぎゅっと目をつぶり、口をひきむすぶ。そして、リーフたちに背をむけ、石の壁をこぶしでガンガンたたきながら、つぶやきはじめた。「……だめだ！　まってくれ！」体のなかにいる兄スカールを、けんめいにしずめようとしているのだ。

　なんとかスカールをおさめたルーカスは、リーフたちのほうにむきなおった。へとへとだが、ずっとおだやかな顔に変わっている。「起きてしまったことは、しかたがない。いまは、生きている者のためにできることを考えましょう」

　そう言うと、ルーカスはバルダの上にかがみこんだ。「……わたしの責任です。あなたがたは、てっきり『ガブリ草原』のことを知っていると……」

「バルダは……たすかるかな？」リーフは声をふるわせてたずねた。

　ルーカスはくちびるをかみ、まよっていたが、やがて言った。「ともかく『ベタクサ村』にいきましょう。あそこなら、温かいし清潔だ。この人を楽にしてあげられる」ルーカスはひざまずくと、大男のバルダを、子どもをあつかうようにかるがるとかつぎあげた。そして、ふりかえりもせず、大またで小屋を出た。

　リーフとジャスミンがそのあとにつづく。ふたりは気づいていた。バルダがたすかるかどうか、ルーカスにもわからないのだ。

一行はもくもくと木立のなかを歩き、ふみ石のところまでくると、それをわたって、『ガブリ草原』を横切った。前方に、ほろ馬車がみえてきた。その横で馬がまっている。道をさえぎっていた倒木は、あとかたもない。影の憲兵がかこんでいたたき火も、補給品の箱も、ゴミも、まるで竜巻にあったように吹きとばされていた。

憲兵の姿はまったくみえない。そこここに血ぬれた灰色の布きれが散らばっているだけだ。リーフはぞっとした。スカールは、憲兵たちの死体を、いちばん手っとり早い方法で片づけたのだ。道ばたのガブリ草は、さぞ満腹になったろう。

ほろ馬車にゆられて数時間。リーフたちは、異様なにおいに気づいた。くさったもののにおいだ。馬車のなかの、ほこりっぽくよどんだ空気が、たちまち強烈な悪臭でいっぱいになる。

ジャスミンは顔をしかめてささやいた。「何よ、これ。何のにおい？」

リーフが肩をすくめたとたん、馬車ががくんとゆれた。彼はあわてて姿勢をたてなおすと、バルダをのぞきこんだ。

バルダの手足に巻いた包帯が、血にそまっている。水はほんの一口飲んだ。リーフとジャスミンが、女王バチのハチミツを口もとへもっていけば、なんとかなめる。だが、目は開けない。口もきかない。ハチミツのおかげで、なんとか命をつないでいるだけだ。その命も、あとどのくらいもつことか。

たのむ！　一刻も早く『ベタクサ村』についてくれ！　リーフは祈った。『ベタクサ村』につけば、バルダはちゃんと手あてをしてもらえるはずだ。傷口を洗い、包帯をかえてもらえる。もし……もしも、バルダが死ぬ運命だとしても、こんなほろ馬車のなかで死なせるのはいやだ。こんな暗くて寒くてくさいところではなく、せめて、やすらかに、温かなベッドの上で死なせたい……。

そう思ったとき、おどろいたことに、ほろ馬車がぴたりと止まった。うしろの扉が開き、リーフとジャスミンは外へころがり出た。

雨はあがっている。不気味なオレンジ色の夕焼けのなかに、思いがけない光景がうかびあがった。

ここは、巨大なごみすて場のまんなかだ。ぼろ布、骨、こわれた家具、なべやかま、ねじれた金属片、くさりかけた残飯の巨大な山がいくつもある。そのあいだを、ぼろ布をまとった浮浪者たちが、うなだれ、足をひきずって歩いていく。

リーフはあたりをみまわすと、ルーカスにくってかかった。「なぜ、こんなところで止まるんだ！　バルダを『ベタクサ村』へつれていくはずじゃないのか！」

ルーカスはだまって、ほろ馬車のすぐ横に立つ標識を指さした。

リーフが目をまるくしていると、ひとりの男が、つえにすがりながらよろよろと近よってきた。片目に黒い眼帯をつけ、大きなスカーフをマスクがわりにしている。悪臭をよけているんだろうと、リーフは思った。男は、上目づかいにリーフたちをみると、しゃがれ声できいた。

「何をおさがしですかね？　ここは、デルの街のごみすて場ですよ」

リーフとジャスミンは、答えにこまって顔をみあわせた。男は「ヒヒヒ」とわらった。「ははあ。もしかすると、一晩の宿をおさがしで？　だったら、いらっしゃい。『ベタクサ村』は、どなたでも歓迎ですぜ」

男は片足をひきずりながらも、いかにもなれたようすで、ゴミのあいだを通っていく。リーフとジャスミンがつられるように、ベタベタする地面を歩きだした。そのうしろに、馬をつれたルーカスが、そろそろとつづく。

ごみすて場のなかには、あちこちに木ぎれやブリキや布でできた、みすぼらしい小屋が建っている。どの小屋の前にも人びとがしゃがみこみ、その日のひろいものを選別したり、煮たきをはじめたりしている。

リーフたちにむかってわらいかける者もいれば、顔さえ上げない者もいた。

とくべつ大きなゴミの山のうしろに、ほかの小屋よりもいくらかましな一棟があった。眼帯をつけた男がその前に立ち、手まねきしている。

リーフとジャスミンはルーカスをふりかえり、ルーカスがうなずくのをみて、その小屋へ入っていった。

男のあとについて、なかに足をふみ入れたリーフは、あっとおどろいた。小屋のそまつなブリキはみせかけで、その下にはがんじょうな建物がかくされていたのだ。なかは、外からは想像もつかないほど広い。入り口以外はゴミの山にうもれて、みえなかったのだ。広いばかりでなく清潔で、整頓もいきとどいていた。壁ぎわにずらりと、かんたんなベッドがならんでいる。どれにもきちんとたたんだ毛布がおかれ、ベッドの下には身のまわりの品がしまわれている。

そのとき、さきほどの男がとつぜんリーフたちのほうをむくと、背筋をのばし、眼帯とスカーフをとりはらった。

「ジョーカー！」ジャスミンが声をあげた。

「わからなかったか？」ジョーカーがにやりとわらった。「それはいい。まさか『レジスタンス』のかくれ家が、ごみすて場のなかにあるとは思いもしなかったろう。これ以上にうまいかくれ場所はない。こんなところに、好んでくるやつはいない――影の憲兵たちでさえもな。しかも、こんなところに住む者なんかを、だれが気にする？　あの一部は、平穏な生活をうばわれ、デルから追われてきた人たちだ。だが、あとはたいてい、おれたちの仲間だよ。グロック、ファーディープ、それからトーラ族の連中も全部、どこかにいるはずだ。トーラ族の長のゼアンまで、ごみひろいに精を出しているよ。デインはいま、水をくみにいっているはずだ」

リーフはゆっくりとうなずき、なんとか事情をのみこんだ。つまりここでも、みた目でものごとを判断するわけにはいかないのだ。

ジャスミンが、せきを切ったように言った。「ジョーカー、バルダが大けがをしたの。手あてをしてあげないと。それから……」彼女はリーフをちらりとみた。「もう一つ、ニュースがあるの。とても悪いニュースよ」

リーフはポケットをさぐり、くしゃくしゃになったエンドン国王の遺書をひっぱりだした。

ジョーカーの暗い目が、さらに暗くなった。まるでその内容を予想しているかのように。だが、彼はリーフから紙きれをうけとらないまま、さっとドアにむかうと、言った。「バルダの手あてがさきだ。それからでも、十分時間はある。バルダをなかに運びこめ。できるだけのことをしてみよう」

リーフとジャスミンは、バルダのベッドのわきにすわりこんでいる。ふたりとも、自分たちの傷口を消毒し、包帯もかえた。バルダは、一応おちついている。出血は止まっていた。それはなんと、グロックのおかげだった。

「包帯を巻いたって、この出血は止まらねえぜ」グロックは、リーフの手首の傷を調べて、つぶやいた。「『ガブリ草原』の人食い草は、血が止まらなくなるような毒を出すのさ」

そう言ってグロックは、自分のベッドのほうへいき、ベッドの下をさぐったと思うと、きたならしいびんをもってもどってきた。びんのなかには、灰色のなんこうがつまっている。「傷口にぬりな」グロックは言った。

「これ、何?」ジャスミンが、なんこうのにおいをかぎながらきいた。

「知るもんか」グロックはうなった。「これを作った者たちは、とっくに死んでる。だが、おれたちの部族はむかしから、これを使ってきたんだ。『ガブリ草原』に入りこみ、ガブリ草にやられた、まぬけなやつらの傷をなおすためにな」

ジャスミンは、言いかえしたくなるのをおさえ、バルダのほうをみた。

「やつにはぬることはねえ。むだだ」グロックはうめいた。「どうせ、もう、ておくれだよ」

ジャスミンはグロックを無視して、バルダの傷口にせっせとなんこうをぬりこんでいる。グロックは悪態をつき、ぷいとどこかへいってしまった。

リーフがふと顔を上げると、部屋のすみに、ゼアン、ファーディープ、ジョーカーが集まっているのがみえた。ルーカスの姿もある。みんな、うつむいて、深刻な顔をしている。エンドンの遺書を読んでいるのだ。

「なるほどな」ジョーカーが、暗い調子で言った。「これで、すべてがおしまいというわけか」

ジョーカーたちは目を上げ、リーフとジャスミンの視線をとらえると、ふたりのほうへやってきた。ジョーカーは、リーフに紙きれをかえして言った。

「もうすぐ、小人族とララド族の代表が到着する。だが、むだ足ということだな」

リーフはくちびるをかんで、うなずいた。「ぼくたちの苦労はみんな、水の泡か……」

ゼアンの顔がかなしみでくもった。「つらいことね……こんなに望みをかけていたのに」

「あてのない望みなんか、早くだめになったほうがいいんだ」ジョーカーの声に、いつもの皮肉な感じがもどっていた。「やがて、おれたちは解散し、それぞれの故郷へ帰るだろう。そのときは、だれかに会うたびに伝えるんだ――王の血は絶えたと。デルトラ王国再建なんて、むだなことに命をかけようとするやつが、もうこれ以上ひとりも出ないようにな」

そのとき、何かがごそっと動いた。リーフははっとした。バルダだ。バルダが目を開けている。

「どう……した？」バルダは弱々しい声できいた。

ジャスミンが、彼の額をやさしくなでて言った。「何でもないわ。安心して寝ていて」

だが、バルダはいらいらと頭を動かし、リーフがもっている紙きれに目をとめた。「それは……何だ？　みせろ！」

リーフは勢いにおされ、しぶしぶそれをバルダの目の前にひろげ、事情を説明した。

バルダは目をしばたたかせて遺書を読み、おどろいたことに、にんまりとわらった。「なんだ……こんなものを……気にしていたのか」

リーフとジャスミンはおどろいて、顔をみあわせた。バルダは熱にうかされているのだろうか。

ジャスミンは、ベッドにかがみこんで、ささやいた。「眠って。休まなくちゃだめよ、バルダ。あなたはとても弱っているんだから」

「弱っているかもしれんがな」バルダはひくい声で言った。「これをうそだとみぬけないほど……おれは弱っていないぞ」

8　到着

バルダは横たわったまま、目をまるくしているリーフたちをけだるそうにみまわすと、ふたたびほほえんだ。

「その遺書は……よくできたにせものさ……ああ、まちがいない。筆跡は、おれたちがトーラでみた、エンドン国王からトーラ族への手紙とそっくりだが……エンドン国王なら、こんなことは……けっして書かん。おれは――」

戸口で物音がして、バルダは口ごもった。リーフは、音のほうへふりむいた。どうかしたのかと言わんばかりに目をみひらいて、デインがこちらへ走ってくる。だが、デインが口を開く前に、ジョーカーがまゆをひそめ、くちびるに指をあててデインをだまらせた。リーフは、バルダのベッドのほうへむきなおった。

ジャスミンが、しずかにきく。「ねえ、バルダ。どうして、あれがエンドン国王が書いたものではないとわかるの？　あなたは国王を知らないのに。口もきいたことがないんでしょ」

「まあな」バルダはつぶやいた。「だが……ジャードはエンドン国王を知っている。ジャードは……何度もおれに言った。エンドン国王は、深い罪の意識にくるしんでいると。自分のせいで、デルトラ王国が影の大王にのっとられたと知ったときのエンドンの苦悩は、大変なものだったと。ジャードは、その話をするたびに涙を流していたよ。この遺書は、エンドン国王がデルから脱出して間もなく書いたはずだろう。それなのに、苦悩のあとも、罪をくやむ言葉も、ひとことも書かれていないじゃないか」

「なるほど！　バルダの言うとおりだ！」リーフは、だんだん悪夢が晴れていくような気がした。「これには、自分や家族以外の者に対して、すまないとか申しわけないとかいう言葉が、ひとことも書かれていない。エンドン国王の遺書であるはずないよ。ということは、この遺書もあの三体の骸骨も、ぼくたちをあざむくためにおかれたものなんだ！　影の憲兵たちが、あそこで道をふさいでいたのは、旅人に道をはずさせ、あの小屋までいかせるためだったんだ。全部、影の大王の計略だよ！」

　リーフの耳に、あの声がよみがえってきた。

——手段はいくらでもあるのだ——

「だが……」ジョーカーは納得していない。ジャスミンもおなじだ。

　バルダはいらいらとベッドから頭を上げると、つづけた。

「みてくれ。遺書の下のほうに国王の印がおしてある。あやしいのは、そこだ。なぜなら……トーラでみた王の手紙には、国王の印がおされていなかった。エンドン国王がデル城を脱出するとき、印のついた指輪をもっていかなかったからだ。いや……もち出せなかったんだ。国王の指輪はな、いつもプランディンがもっていた。文書に署名するときだけ、エンドンにわたされていたんだ」

「どうして、そんなことを知っているのです？」ゼアンが興味深げにきいた。

バルダはため息をついた。「おれの死んだおふくろはミンという名でな、エンドン国王とジャードの乳母をしていたんだ。おふくろはおしゃべりで、城でのことをあれこれ、おれに話してきかせた。おれは半分きき流していたが、それでも、いろいろなことを知ったよ。影の大王が思っている以上にな」

「ありがとう！　ありがとう！」ファーディープが目に力をこめて言った。「あなたがいなければ、わしらはみな、すべてをあきらめているところでしたぞ」

「おれが生きていたのも、役には立ったわけだな」バルダは、かすかにわらった。

「だがもう、つかれたよ」彼は目を閉じた。

ジャスミンがはっと息をのみ、バルダの胸に耳をつけ、まっ青な顔で言った。

「眠っている。でも心臓の鼓動が、とても弱いの。死にかけているんだわ」

ジャスミンの手が、リーフの手を求める。リーフは涙を流しながら、さしのべられた手をにぎりしめて思った。この旅で、ぼくたちがどれほど変わったことか。あれほどかたくなだったジャスミンが、すなおに心を開き、他人にたよることをおぼえた。泣くなと言われて育ったぼくは、こうして恥じることもなく泣いている。バルダが目を覚ましてこれをみたら、どんな顔をするだろう。

ルーカスがリーフの腕にふれた。「まだ、かなしむのは早すぎますよ」彼はやさしく言った。「バルダは強いし、戦士なんですよ。そんなにかんたんに死ぬものですか。しかも、女王バチのハチミツがありますからね。だいじょうぶですよ」

リーフは、ジャスミンの手をさらに強くにぎった。そのとき、だれかがそばで動いた。リーフははっとした。デインだ。デインが人びとをかきわけて、ベッドの横にひざまずいていた。「バルダは死にっこないよ。手厚く看護をすれば、かならずなおるさ」目に涙をためながらも、デインはきっぱりと言った。

デインをみつめるジャスミンの顔が、うれしさに輝く。それをみても、リーフはいま、嫉妬もいらだちも感じなかった。バルダがたすかるなら、どんな手だすけだってありがたい。

その夜もつぎの日も、夢うつつのうちにすぎた。リーフ、ジャスミン、デインは交替でバルダの横につき、女王バチのハチミツと水をふくませつづけた。バルダの容態は安定しなかった。少しよくなり、起き上がって口をききそうになるかと思えば、また調子をくずし、前より悪化する。

容態は、階段をおりていくように悪くなっていった。目を開けている時間も、どんどん短くなる。

バルダは死ぬ。覚悟するんだ――リーフは自分に言いきかせたが、希望はすてきれない。ジャスミンももちろん、あきらめてはいない。デインにいたっては、バルダの回復を信じて疑わないようすで、少しでも長くつきそいたがり、ひまさえあれば、リーフやジャスミンと、かわってくれようとした。

ある日没のこと。リーフがベッドの横から立ち上がって、デインと交替したちょうどそのとき、外からかん高いさけび声がきこえてきた。

「アクババだ！　気をつけろ！」

大さわぎとなり、人びとがぞくぞくとかくれ家にとびこんでくる。リーフはあわてて周囲をみまわした。ジャスミンがいない。

はっと思い出した。ジャスミンはさっき、ゼアンとファーディープといっしょに、水くみに出かけたんだ！　リーフは、なだれこむ人びとにさからって、外へとびだした。そのとたん、もどってくるジャスミンたちの姿が目に入った。三人とも、水を満たしたバケツを手にしたまま、黒い鳥の一団がオレンジ色の夕焼けをぬって飛んでくるのをみあげている。

「ジャスミン！　逃げろ！」リーフはさけんだ。

ところが、おどろいたことにジャスミンは、こちらをむいてほほえんだ。リーフはもう一度、空をみて、黒い影の正体を知った。

あれはアクババではない。キンだ！　たぶん……エルザだ。キンのエルザが、黒い鳥たちにかこまれて飛んでくる。鳥の一団は、『ベタクサ村』の上空へさしかかると、エルザだけをのこして飛び去った。エルザが、地上めがけて舞いおりてくる。おなかの袋のなかで、小さな影がしきりに手をふっている。

きっと、グラ・ソンだ！　リーフは夢中で手をふりかえした。頭の回転が速く、口の悪い小人族の女性、グラ・ソン。あのがっちりした体つき。茶色のちぢれ髪。まちがいない！　それに、グラ・ソンのほかにだれが、おなかの袋に入れて飛んでくれと、キンにたのむことを思いつくだろう。小人族の長ファ・グリンも、おなじ森に住むキンと和平をむすぶことには同意したが、さすがに、キンの袋に入って空を飛ぶ気にまではなれなかったのだろう。

これで、七部族のうち、六部族の代表がそろう！　リーフはジャスミンとならんで、エルザたちをむかえに走った。エルザとグラ・ソンにまた会えるなんて！　話したいことは、山ほどある。

けれどもリーフは、この再会を手ばなしでよろこぶことができなかった。バルダが死んでいくという思いが、心に重くのしかかっている。

数日後。バルダのベッドの横でうとうとしていたリーフは、ふいに肩をたたかれた。びっくりしてふりかえると、目の前に青灰色の顔があった。黒いボタンのような目が二つ、心配そうに光っている。

「マナス！」リーフはとび上がると、ララド族のマナスをだきしめた。「ああ、マナス！　とうとうきてくれたんだね！」

「ああ、きた、きたよ！」マナスはかん高い声で言い、ジャスミンとならんで立っている、黄金色の肌の男をふりかえった。「もちろん、知っているね。ドール族の長、ナニオンだ。わたしがここへくると話したら、馬で送ると言ってくれた。だから、こんなに早くやってこられたんだ。ナニオンは、乗馬がうまいんだ。足も長くて、ゆうゆうとあぶみにとどく。でも、わたしには、とても快適とはいえなかったなあ。いつ落馬して死ぬかと、ひやひやだった。全身、あざだらけだよ」

ナニオンは、気持ちのいい声でわらった。「ハチの群れについて荒野を走ってくるのは大変でした。このマナスは、はじめから最後まで、文句の言いっぱなしですよ。なんとか無事に到着でき、彼の文句から解放されて、ほっとしているところです」

　そう言いながらも、ナニオンの目は温かな光を放っている。どうやらふたりは、とてもいい友だちになったようだ。

「どうやって、馬を手に入れたの？　それも、こんなに上等な馬を！」ジャスミンがきいた。

　ナニオンは肩をすくめた。「ある店の主人が、こっそり用だててくれたのです。この馬のほんとうの持ち主がさがしにきたとき、あの人がなんとか、うまく言いわけをしてくれたらいいのですがね」

「それなら、だいじょうぶだ。かけてもいいぞ」ジョーカーが近づいてきて、にこりともせず言った。「言いわけは、トムの得意中の得意だからな。しかし……ということは……あいつ、おれたちの側につくと決めたということか？」

　マナスはにっこりわらった。「さあねえ。あの人はナニオンに、『いいことは二度ないぞ』と、言いふくめていましたよ。それはつまり、好意をしめすのは一度きりだ、もう二度と、わたしたちをたすけないぞ、という意味じゃないですかね」

「あの店の主人は、わすれていたんだと思いますよ」ナニオンが言った。「あの人はすでに一度、われわれをたすけてくれていたことを。わたしとマナスがあの人に出会うちょっと前に、わたしの部族の者ふたりが、あの人から情報をもらったんです。影の憲兵団が西へ進軍していると。戦闘が起こるだろうとね」

ジョーカーのまゆがすっと上がった。「ほんとうか?」

彼は、マナスとリーフとジャスミンをバルダのそばにのこし、ナニオンを部屋のすみにつれていった。

「なんと、気の毒に」マナスは、大男のバルダが身じろぎもせずにベッドに横たわっているのをみると、つぶやいた。「何か、わたしにできることは?」

リーフは首を横にふると、ひくい声で言った。「バルダは夜明けから一度も目を開いていないんだ。もう……長くないと思う」かなしみが急にこみあげてきた。

マナスはうなだれた。「それなら、間にあうようにこられて、よかった。彼は……いいやつだよ」

マナスは顔を上げ、リーフの目をのぞきこんだ。「彼は……むだに命をささげたのではないよ。わたしがここによばれた理由は、ジャスミンからきいた。予想はついていたけどね。あんたたちは、三人で奇跡を起こしたんだね」

「奇跡は、まだ起きていないよ」リーフは言った。「エンドン国王の子が、まだみつかっていないんだ」

「わたしたちがよび出されたのは、そのためだろう」マナスはささやくように言うと、立ち上がった。「月がのぼってきた。七部族がふたたび集結するときがきたんだ。デルトラの正式なお世継ぎを、およびするときがね」

9 世継ぎ

壁づたいに、何本ものろうそくが燃えている。まじめな顔、興奮に上気した顔、恐怖に満ちた顔――さまざまな顔が、七部族の代表七人を半円形にとりまいている。テーブルの上、ろうそくの火かげのなかに、デルトラのベルトがみえる。さきほどリーフがおいたのだ。全員の目がいま、ベルトにそそがれている。

彼らは、バルダのベッドのわきにたたずんでいる。ジャスミンが、ぜひにと主張したのだ。「バルダがいま、どんな夢のなかをさまよっているとしても、わたしたちの言っていることはきこえるはず。たとえきこえなくても、バルダには、この儀式に参加する権利があるわ」

異議を申したてる者は、ひとりもいなかった。だが、バルダの長いくるしみが終わりに近づいていることは、だれの目にもあきらかだった。

まず、ゼアンが進み出た。「トーラ族の代表、ゼアン」おごそかに言うと、片手をアメジストの上においた。

グラ・ソンがつづいた。「小人族の代表、グラ・ソン」頭を高く上げて、エメラルドをなでた。

リーフは、かたずをのんで、それをみつめている。七部族ののこりの代表が、あいついで進み出る。

「メア族のファーディープ」いつもはおだやかな声をふるわせ、おそるおそるラピスラズリにふれた。

「平原族のルーカス」巨人のようなルーカスが、金髪をきらめかせてかがみこみ、オパールにふれる。

「ララド族の代表マナス」小がらなマナスが、ルビーをやさしくなでる。

グロックがのそりと進み出た。顔を上気させ、誇らしげに、大きな手をダイアモンドにのばす。「ジャリス族の末裔、グロック」うなるように言った。リーフ

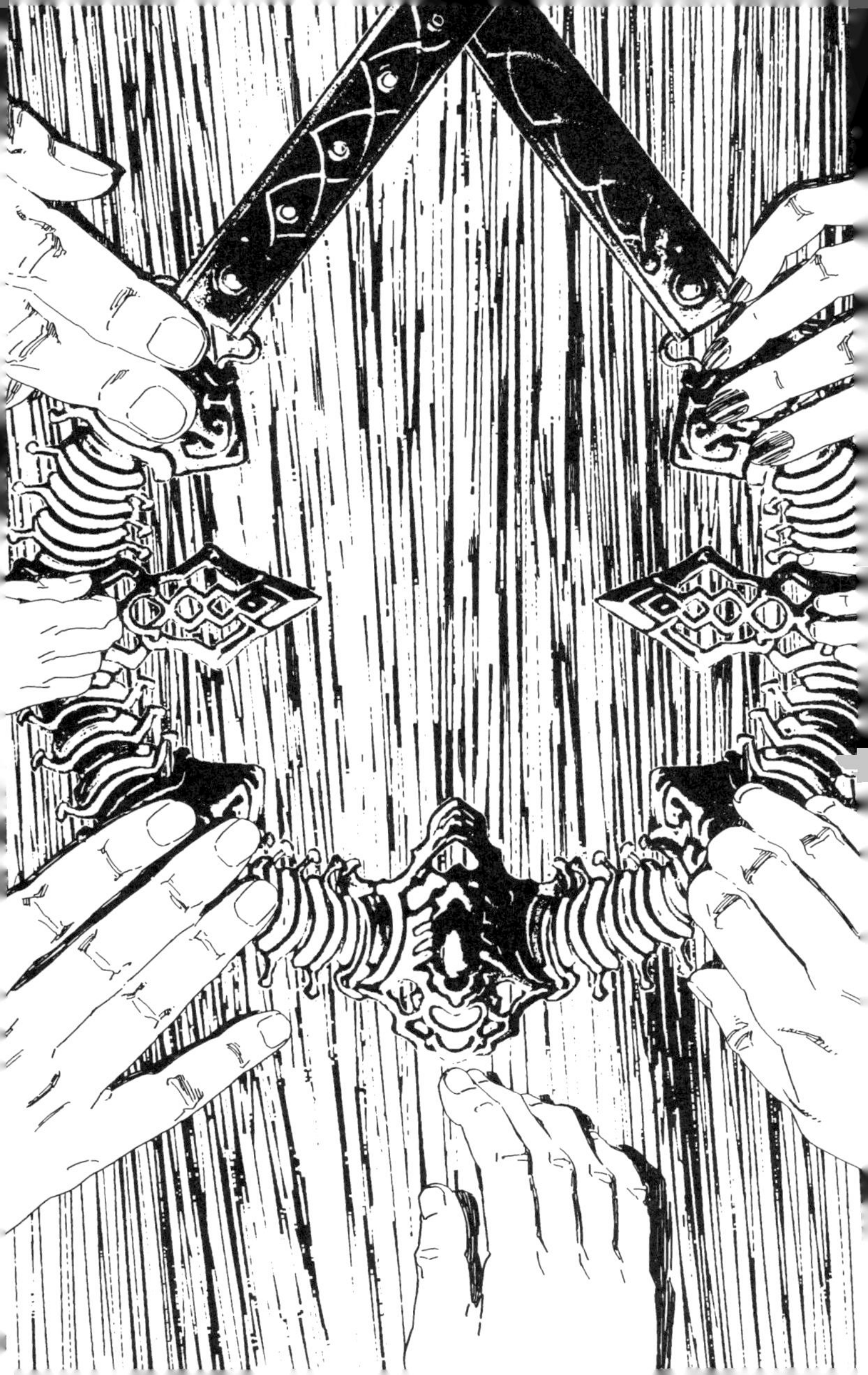

は息をのんだ。あの残忍なグロックの目から、涙があふれている！

そして、リーフの番になった。彼はバルダの手をにぎりしめると、デルトラのベルトにむかった。目の前にならぶ人びとの顔が、かすんでみえる。厳粛な顔のジャスミン。その肩の上にはフィリとクリー。エルザは前足を口にあて、ドール族の長ナニオンは目を輝かせ、ジョーカーは油断なく身がまえている。青ざめた顔で、くいいるようにみつめているのはデインだ。

リーフは、輝くトパーズの上に手をおいた。あなたの代わりだ、バルダ、と彼は心のなかでよびかけた。おかあさん、おとうさん、デルの街のすべての人たち、ぼくが、みんなの代表だ。

「デル族の、リーフ」彼は高らかに言った。

デルトラのベルトはいま、七つの手の下にかくれている。さまざまな色と形の七つの手がいま、一つの目的のために、デルトラのベルトをにぎりしめているのだ。

ゼアンがふたたび口を開き、全員で相談して決めた、誓いの言葉をのべた。

「われら、七部族の代表はここに、デルトラのベルトのもと、七部族が一致団結するという、いにしえの誓いを新たにし、初代アディン国王の由緒正しき子孫に忠誠を誓います」

「誓います！」七人が声をそろえて言った。

リーフははっとした。手の下のベルトが温かい。心臓がどきどきする。トパーズが指のあいだから黄金の光を放ち、リーフは自然と心が澄んでいくのを感じた。

ベルトはどんどん熱くなる。熱い！　もうさわっていられない。リーフも、あとの六人も、ベルトから手をはなした。

そのとき、リーフは思った。エンドン国王の子がここにいる！　ベルトがこんなに熱いのは、デルトラの世継ぎがこの部屋にいるということだ！

リーフは目を上げ、目の前にいならぶ人びとをすばやくみわたした。視線はやがて、ひとりの上でとまった。興奮にうちふるえ、体はガタガタふるえているが、デルトラのベルトの光をうけ、顔を輝かせている少年。リーフは一歩、進み出た。

デインだ！

どうしていままで気がつかなかったんだろう。全員の顔に衝撃が走る。どうして考えてもみなかったんだろう――リーフはデインをみつめた。

アディン――デイン。名前をよくよく考えれば、わかったはずなのに。デインとは、デルトラの初代国王アディンからとった名前にちがいない。デインは、人里はなれたこの近くの農園で生まれ、王族たちが古くからたしなんできた弓矢を習って育った。両親から、あらんかぎりのデルトラの歴史を教わった。デインの、ものしずかで、ききわけがよく、責任感が強い性格は、父エンドン国王そっくりだ。なぞめいて繊細なところは、トーラ族の血をひく母、シャーン王妃に似たのだろう。しかも、デインの母親の名前はヤーンだという。シャーン――ヤーン。シャーン王妃の名前の一部を使いながら、だれも気づかなかった。

デインは、なんとじょうずに秘密をかくしてきたのだろう。こんなに重大な秘密を、とリーフは思った。秘密を明かしそうになったのは、ただ一度だけ。ひび割れたトーラの炎の大岩の前にくずれおち、衝撃と失望で打ちのめされていた、あのときだけだ。

リーフはベルトをとり上げ、デインにむかってゆっくりと歩きだした。部屋のなかのはりつめた空気が、パリパリと音をたて、やぶれていくような気がした。

デインは、まっている。堂々と顔を上げて。すでに身ぶるいはおさまり、しずかな威厳がその肩を、上等なマントのようにおおっている。顔と手の青白い肌が、ろうそくの灯に輝いている。

ぼくの父がデインの父上につかえたように、ぼくも彼につかえ、彼を守るのだ——リーフは思った。

リーフは両手をのばし、デルトラのベルトをささげもった。指の間からたれたベルトがろうそくの光をうけ、さんぜんと輝く。とたんにリーフは、このベルトを手放すのが、なぜか、おしくなった。彼はジャスミンをちらりとみた。ジャスミンは、目を輝かせてうなずいた。

このときのために、ぼくたちは戦ってきたんだ。アディン国王の血をひく者の手に、このベルトをわたすために。リーフは、七つの鋼のメダルにはまった七つの宝石を、最後にひと目みようとした。これが、ぼくたちの苦労の成果だ。なんと美しく、なんとすばらしい……。

つぎの瞬間、リーフは思わず目をしばたたかせた。ルビーの深紅が、うすいピンク色になっている！　エメラルドは、ただの石のように色あせ、アメジストもあざやかな輝きを失って、かすかな紫色になっている。リーフの頭に血がのぼり、心臓がどきどきしてきた。

「邪悪？」彼は息をのんだ。「この近くに、邪悪の存在が？」

そのとき、血もこおるようなかん高い音が空気をつんざいた。何か巨大なものがドアをけやぶり、こちらへおしよせてくる。雷鳴のような轟音とともに、はげしい風がびゅんと部屋に吹きこむ。ろうそくが消え、まっ暗闇になった。リーフはうしろに吹きとばされ、かたい床にころがると、ベルトをつかんだままジャスミンとデインの名をよんだ。風が顔に打ちつける。ドサッ。ガチャッ。人びとがたおれ、家具がとび、壁にぶつかる音がきこえた。

「リーフ！　ベルトを！」デインのさけび声がきこえる。「ベルトを、早くぼくに！」

その声は、風とさけび声、そして、得体の知れない雄たけびにかき消された。何かが、怒りくるったようにほえている。リーフはなんとか立ち上がり、暗闇のなかを、デインの声がきこえてきたほうへ突進した。何かが空中をとび、ものすごい力で胸につきあたる。リーフは勢いあまってバルダのベッドにぶつかり、たおれこんだ。なんとか呼吸をととのえ、起き上がろうともがいた。

それから戸口のほうがガタガタとはげしく鳴ると、風は、吹きはじめたときとおなじく、とつぜんやんだ。

おそろしいまでにしずまりかえった部屋に、けが人のうめき声やすすり泣きだけがひびく。目まいがしたが、リーフはバルダのベッドから体を起こした。

そのとき、バルダが身動きすると、うめいた。「寒い……」

リーフがたおれこんだとき、つられて毛布もベッドからずり落ちたのだろう。リーフはあわてて暗闇のなかで手さぐりし、毛布をみつけると、バルダにかけなおした。胸が痛い。だが、リーフはなんとか立ち上がった。

「デイン！」ジョーカーがさけぶのがきこえる。「デイン、答えろ！　どこにいるんだ」

だが、返事はない。

だれかが、たきびののこり火でたいまつをつけた。グロックだ。そのあらけずりな顔が、ちかちかする光に照らし出される。片方の目がはれあがり、ふちがまっ黒だ。それでもグロックはたいまつを高くかかげ、左右に大きくゆらした。たいまつの灯でできた大きな影が、壁の上を動く。

エルザが翼にくるまって、大きな岩のように、床にうずくまっているのがみえた。グラ・ソンが、デルトラのベルトがのっていたテーブルの残骸の影から、よろよろと立ち上がる。ジョーカーの顔は血だらけだ。ゼアンはマナスを支え、ジャスミンはフィリにささやきかけている。ドアはちょうつがいごともぎとられ、入り口は倒木とがれきでふさがれている。

デインの姿はない。デインがいたところには、彼がだいじにしていた短剣が落ちているだけだ。リーフはぼうぜんとしながらそこへいき、かがみこんでそれをひろった。刃のさきが血ぬれている。デインが敵に切りつけたのだろう。だが、ろくに抵抗もしないうちに、さらわれてしまった。

リーフは、デインの短剣を腰につけながら、デルトラのベルトをわたすのを一瞬でもちゅうちょした自分を責めていた。「おしい」などと思わず、デインにさっさとわたしていたら、ベルトの魔力に守られて、こんなことにはならなかったはずだ。デインの身は安全で、みんなもけが一つせずにすんだにちがいないのに。

痛みと罪の意識におしつぶされながら、リーフは自分の手をみた。その瞬間、心臓が止まりそうになった。

ない！　手にもっていたはずのデルトラのベルトがない！　リーフはあわててあたりをみまわした。そうだ！　さっき、バルダのベッドにたおれかかったとき、バルダの胸の上に落としたにちがいない。あそこなら、毛布にかくれて安全だ。この目まいがおさまったら、とりにいこう。息がととのってからで十分だ。彼は床にひざをつき、傷ついたけもののようにうずくまった。

「デインがさらわれた」ファーディープがささやいた。

「怪物のしわざだ」と、グロックが答える。「おれはみた。そいつがおし入ってくるのをな。でかいオオカミだ。黄色い口の。そいつが怪物に変身した。オオカミよりずっと大きく、血のように赤くてぬめぬめした図体のでかい……」

もしかして……。リーフはくちびるをなめた。口に出すのもおそろしい、あの名前……。

グロックが目を細めると、太い指をリーフにつき立てた。

「おまえ、何か知っているな！　顔に書いてあるぞ。いまのは何だったんだ？」

リーフは、おそろしさに口ごもった。「だから……それは……」

ジョーカーが、みかねたように言った。

「魔女テーガンの十三人の子どもたちの生きのこりだ。もっとも手ごわいやつだ。邪悪な血をひく最後のひとり、デルトラの北東部をうろついている怪物――イカボッドだ」

「あたしたちがここにいることが、敵にもれてたんだ！」グラ・ソンがわめいた。

グロックが歯をむきだし、一同をみまわした。彼はマナスをにらみつけた。

「おい、おまえは北東からきたな、ララド族」こぶしをふりあげて、どなった。

「おまえが、あの怪物をここへつれてきたんだろ！　そうだろ！」

マナスは、おそろしさのあまり口もきけず、ただふるえながら首をふった。ドール族の長のナニオンが彼の横に立つと、言いかえした。「もし、われわれがその怪物につけられてきたとしても、気がつかなかったんだ。失礼な発言はゆるさんぞ、ジャリス族め」

「……よせ……仲間割れは」かぼそいうめき声が、険悪なしずけさをやぶった。

バルダが口をきいたのだ――バルダは必死で起き上がると、あたりをみまわした。

ジャスミンが声をあげ、その横に走りよった。彼女の髪はもしゃもしゃによじれ、小さな顔はともしたばかりのランタンの明かりで、青白く輝いている。

「仲間割れしても……何にも……ならんぞ！」バルダが言った。声がどんどん、しっかりしてくる。

「奇跡だわ！」ゼアンが息をのみ、目をみはっている。デルトラのベルトの魔力だと、リーフは思った。胸の上に落ちたベルトが、バルダを救ったんだ。

だが、ジョーカーはグロックやバルダには目もくれず、すでにドアのほうへむかっていた。「がれきをとりはらって、外へ出ろ！　やつを追いかけるんだ」彼はさけんだ。「ぐずぐずしていたら、デインが殺されてしまう！」

「あのぼうやは、とっくに死んでるだろうよ」グロックがうめいた。「いまごろあの怪物に、やつざきにされてな」

ジョーカーが、はっと顔を上げた。「ルーカスはどこだ?」

だれも答えない。そのとき、かすかな物音がきこえてきた。カリカリと、何かをひっかくような音。入り口をふさいでいるがれきのなかからきこえてくる。

「ルーカス!」ジョーカーは大声でさけんだ。

「……はいはい」弱々しい声がきこえた。「ここにいますよ。ひっかかって動けないんです。怪物を追いかけようとしたら、屋根が頭の上に落ちてきて。スカールの力でもだめでした。ジョーカー……さっきのやつはイカボッドです。イカボッドがデインをさらっていったんですよ」

「おれたちも、そう思っていた」とジョーカーが、にがにがしげに言う。

「わたしには何もみえませんでしたがね」弱い声が答えた。「わらい声で、やつだとわかったんです。やつは、デインをあざわらって、言ってましたよ――『もしおまえが国王の子なら、王のいるべき街へおつれしよう。デルの都へな』とね」

10 デルへの道

イカボッドは、影の大王の指令をうけて、王の世継ぎをさらいにきたのか？　それとも勝手にやったのだろうか？　真相はまったくわからない。

だが、わかっていることがある、とリーフは思った。それは、ぼくたちが、たてたばかりの誓いを守れなかったということ。影の大王に、デルトラの世継ぎをうばわれてしまった、ということだ。

そして、もう一つ——くずれた「レジスタンス」のかくれ家から脱出しながら、リーフは思った。もし、デインがデルへつれていかれたのなら、ぼくは彼を追いかける。たとえ、あとの全員が反対しても。

だが、反対する者はだれひとりいなかった。七部族の結束はみだれていない。

夜が明けると、一行はデルをめざして出発した。エルザが涙ながらに別れを告げて『恐怖の山』へ飛び立つと、ジョーカーは早速、考えていた計画を発表した。

「二、三人ずつ一組になり、たがいの組が適当な距離をおいて動くことにする。敵にみつからずにデルにつくには、せいぜいこのくらいのことしかできないな」

「でも、それも危ないものね——もし、このなかにスパイがいるとしたら」グラ・ソンがつぶやいた。

ジョーカーは表情をかたくし、きびしく命令した。「全員、一瞬たりとも単独行動は禁止する！　ただし、ルーカスはのぞく。彼には、ほろ馬車をあやつってもらうからだ。で、ルーカスを信用できないという者は？」

もちろん、だれも声をあげようとはしなかった。

まず、バルダを乗せたほろ馬車が出発した。バルダはまだ弱っていたが、どうしてもいくと言ってきかなかったのだ。馬車から十分距離をとって、のこりの者がついていく。遠く右手にはマナスとナニオンの組、左手にはグラ・ソンとファーディープの組。しんがりとして、はるかうしろにジョーカーとゼアンとグロックの三人。その四組のまんなかを、リーフと、フィリとクリーをつれたジャスミンが歩くことになった。

リーフは、まだデインの短剣をもっている。デインがだいじにしていた短剣だ。かならずデインにかえすぞと、リーフは心に誓った。

ただ、刃のさきについていた血がしみになって、いくらみがいてもけっしてとれないのが、気がかりだった。

デルはまだかよ　ほいほいほい
デルがみえたぞ　ほいほいほい
二時間休んで　出発だ
デルだよ　すぐだよ　ほいほいほい

遠く前方から、ルーカスの歌声が陽気にひびいてくる。いかにも、のんきな行商人がなっているだけのようだが、これは伝言だった。デルの郊外がみえた、休憩するぞ、と伝えているのだ。

「なんで、ここで止まらなくちゃならないの」ジャスミンがいらいらとつぶやく。

リーフは彼女をふりかえると言った。「そういう計画になっていたじゃないか。暗くなってからデルに入るには、このへんで休憩をとるのがいいのさ。ちょうど、つかれてもいるしね。さきにお休みよ」

ふたりはずっと、深いしげみにかこまれた道を進んできた。ジャスミンはしげみのかげに横たわると、目を閉じた。あっという間に寝ついてしまうだろうな、とリーフは思った。

リーフは、一本の木によりかかってすわると、ふたたび自分の腰にもどってきたベルトにふれた。このベルトは、バルダを死のふちからよびもどしてくれた。でも、どうやって？　たしか、七つの宝石にはどれも、失血による体力のおとろえをいやすような、とくべつな力はなかったはずだが。もしかすると、ダイアモンドが……？

彼はそっと『デルトラの書』をとりだし、ダイアモンドの魔力について書かれた一節をさがした。

【ダイアモンド……心正しき者、この石をもてば、勇気と力わき、わざわいを逃れ、真実の愛を得る】

完全には、納得できない。リーフはつぎつぎとページをめくり、目を走らせた。いくつかわすれているのもあったが、ほとんどおぼえていることばかりだ。

【アメジスト……心をおちつける力あり。病を予知し、毒物の前で色あせる】

【トパーズ……霊界への扉を開く石なり。その威力満月にむかいて増す。それを身につける者を夜の恐怖から守り、精神を強め、心の目をあらい清める石なり】

【エメラルド……悪の存在を知るとき、または、誓いがやぶられしとき、その色はあせる。痛みをおさえ、潰瘍をいやす。解毒の力あり】

【ルビー……邪悪や怪物の存在を知るとき、その色はあせる。邪悪をかわす力あり】

【オパール……未来をかいまみせる力あり、視力の弱き者のたすけともなる】

【ラピスラズリ……神力の石にして強力な魔除けともなる】

どれもちがう。リーフはいらだって、『デルトラの書』を、つい乱暴に閉じた。ジャスミンが身動きし、とつぜん目を開いた。

「起こした？　ごめんよ」リーフがあやまると、ジャスミンは首を横にふった。

「何かがやってくる」彼女はするどくささやいて、起き上がった。「馬車が……デルの方角からやってくるわ」

やがてリーフにも、ひづめと車輪のひびきがきこえてきた。しげみからそっとのぞくと、おどろいたことに、ルーカスのほろ馬車がこっちへやってくる。鈴の音がきこえないのは、たづなから鈴をはずしてあるからだ。

ルーカスの歌声がきこえてきた。とても小さい声で、道ばたにいなければききとれなかっただろう。ルーカスは、おなじ歌詞をくりかえし歌っていた。

起きておいでよ　チェリーとバーディ
さあさ　こっちへ出ておいで

みんなは寝てるが　出発だ
チェリーとバーディ　ほいほいほい

「わなかしら」ジャスミンがささやいた。「あのルーカスは、オルが化けてるかもしれないわよ」

「いや、ちがうよ」リーフはささやきかえした。「ぼくたちがリスメアで使った偽名を知っているじゃないか。きっと、バルダが教えたんだ」

「それなら、グロックだって知ってるはずよ」ジャスミンは言いかえしたが、リーフはすでに道に出ようと、しげみをかきわけていた。ジャスミンはため息をついて、リーフのあとにつづいた。

ルーカスはふたりをみるとにっこりわらい、ほろ馬車を止めた。

「やあ、いましたね」彼はささやくように言ってほろ馬車からおりてきた。「うしろへお乗りなさい。バルダがいます。さ、早く！」

「計画とちがうんじゃないか？」リーフは抗議した。「ぼくたちは、日がくれたら、デルの街の外壁のそばの林で合流することになっていたじゃないか。いま、このほろ馬車に乗ったら、日没前につくことになるよ。しかも、ぼくたちだけ」

「そのとおりですよ」ルーカスはうなずいた。「くわしいことは、バルダにきいてください。ふたりでずっと相談していたんです。バルダには出発前に、新しい女王バチのハチミツのびんを開けてあげました。よくきいたみたいですよ。みてごらんなさい！」

ルーカスはほろ馬車の扉を大きく開けた。なかで、バルダが起き上がってにやにやわらっている。

「バルダ！　よくなったのね！」ジャスミンがさけんだ。

バルダは肩をすくめた。「完全とは言えんがな。オルと戦うのは、かんべんしてもらいたい。だが、そのへんの盗賊ぐらいなら、かんたんにやっつけられるさ。ほら乗れ、早く！　出発するぞ」バルダは元気にわらうと言った。

「どういうことだい？」ジャスミンとともに、しぶしぶ乗りこみながら、リーフはきいた。

バルダは答えた。「ほろ馬車が日ぐれ前にデルにつけば、さっと街に入ってしまえる。デルの街には、夜間外出禁止令がしかれているからな。暗くなる前に家に帰りつこうとあせっている行商人にみせかけて、入りこむのさ。あの時間帯、街の入り口はいつでも大混雑だ。影の憲兵たちだって、いちいち馬車のなかをみるひまはない。広場でほかの荷車にまぎれてならんでいれば、あやしまれることはないさ。暗くなるのをまって、そっとそこをはなれればいいんだよ」

「でもなぜ、計画を変更したんだい？」リーフは、納得できずにくいさがる。

バルダの顔に、つらそうな表情がよぎった。「まず第一の理由は、とにかくデインにデルトラのベルトをつけさせることが先決だからだ。たとえ、デインがどこでつかまっているにしろな。それは、われわれ三人だけでやるのがいちばんだ。二つ目の理由は――」バルダは言葉を切った。

「それはね――」ルーカスが、あとをひきとった。「バルダもわたしも、仲間のなかにスパイがいると確信しているからです。そいつは、影の大王と秘密裏に連絡をとりあっているにちがいありません――わたしたちが思いもつかないような、巧妙な方法で。とすれば、わたしたちの立てた計画はとっくに、デルにいる敵に知れわたっているかもしれない。もしそうなら、みすみすわなにはまりにいくようなものです。そんな危険なまねはできません。デルトラのベルトを、むざむざうばわれにいくようなまねは、ね」

「それで、単独行動をすることにしたわけさ」バルダが言った。「ほかのだれにも知らせずにな」

「ジョーカーにも？」ジャスミンが、目をまるくしてきいた。

ルーカスとバルダは無言で視線をかわした。

「ええ、そうです」ルーカスは、重々しく言うと、ほろ馬車の扉を閉めた。

「ジョーカーにも、秘密です」

11
広場

それからもう一時間ほど、リーフたちは、せまいほろ馬車のなかで肩をよせあっていた。ゆれはひどく、外はまったくみえない。ルーカスの歌だけがたよりだ。やがて、ほろ馬車がスピードを落とした。いよいよ、街の門をくぐる荷車の列にくわわるらしい。リーフは思わず身をちぢめた。影の憲兵たちの大声がきこえる。つぎの瞬間、リーフの耳に、なつかしいデルの街の音がとびこんできた。車輪の音と鈴の音にまじって、群衆のさけび声がきこえる。大通りの石だたみでゆれるほろ馬車の横に、おしあう人びとがぶつかってくる。

やがてその声もとだえ、あたりに野菜のくさったにおいがたちこめた。ほろ馬車のうしろに、ゆっくりとまわる足音がきこえる。

カチリと音がし、扉が細く開いた。ルーカスが緊張した顔をのぞかせる。そのうしろに、暮れかかったオレンジ色の夕焼け空がちらりとみえた。ルーカスは、すばやくなかに入ってくると、うしろ手に扉をしっかりと閉めた。

「どこも、ひっそりしていますよ。道路には人っ子ひとりいません。憲兵たちの姿もない」

「いったい、どこへいったのかしら」ジャスミンがささやき、上着のなかで不安そうに鳴いているフィリをなでた。

「デルは大都市だ。たぶん、憲兵どもはいま、街をかこむ壁を守っているんだろう。それとも、城のまわりに配置されているのか……」と、バルダが言った。

「……もしかして、街の外の林のなかで、わたしらをまちぶせしているのかも」

ルーカスが言った。

リーフは身ぶるいした。もしそうなら、忠誠を誓った仲間のなかに、スパイがいるという証拠だ。大変だ！　あとのみんなが、わなにはまる！

そう言おうとした彼を、バルダが手を上げて制した。「そうだとしても、仲間は自分たちで、なんとかするだろう。ともかく、デルトラのベルトはここにあるんだ。ありがたいと思わなくてはな。ルーカスが、これからひとりで集合場所へいってくれる。もし無事に、街を脱出できればの話だが」

「なんとか脱出しますよ」ルーカスはむずかしい顔で言った。「そして、あとの人たちに合流します。こちらが勝手に計画を変更した事情をみなさんに説明することになるか、はたまたスパイとご対面か」彼は、リーフたちの手をつぎつぎとにぎった。「では、みなさんに幸運を！　あとでまた、会いましょう」

四人は音もなく、ほろ馬車からおりた。残飯の山をあさっていたネズミたちがやかましく鳴き、リーフたちの足もとを走りまわる。ルーカスは、葉っぱをはんでいる老馬をかるくたたいた。「ここでまっててな」馬は、うなずくように鼻を鳴らした。

四人は、何台も止まっているほかの荷車のあいだをぬうようにして、荷車の留め場のはずれまで移動した。ところが、街の中央広場に足をふみ入れようとしたとたん、広場の入り口のドアが乱暴に開いた。おおぜいのどなり声と長靴の音が、暗闇にひびく。つぎの瞬間、広場に、たくさんのたいまつがともった。

四人はあわてて、ものかげに逃げこんだ。音が、どんどん大きくなる。ものがくだける音、うめき声、石がぶつかりあう音。これは、いったい何だ？　リーフはがまんできず、そっと音のするほうに顔を出した。

広場のあちこちにたいまつがすえられ、そのまんなかで、影の憲兵たちがいそがしく働いている。十人の憲兵が、大きな石をつぎつぎと運んでは、塚のようにつみ上げている。塚の中心に背の高い棒を立て、それを支えるように、まわりに石をつんでいく。

「イカボッドはどこだ？　あの化け物は」ひとりの憲兵が言った。

「城のなかで、お食事中さ」べつの憲兵が答えた。「もうすぐ、お代わりをもらいに、ここへくるぜ。あいつ、生肉よりも焼いたのが好きらしいからな」

爆笑がわき起こる。リーフは、鳥肌がたつのを感じた。

「六号！　塚のてっぺんにのぼれ！」別の憲兵がさけんだ。「別の部隊が、のこりのやつらをひったててきたときに間にあわないと、おしかりがとぶぞ」

　そして、大またでものかげに歩いていくと、ぼろ布の束のようなものをひっさげて、もどってきた。

「わかった、一号よ！　だが、別部隊はもう、のこりをつかまえたのか？」六号とよばれた憲兵が、塚のてっぺんでさけんだ。手には、ロープと油のかんをもっている。

「ああ、つかまえたとさ。朝飯前だったろうよ。やつらがいつ、どこにいるか、はっきりわかっていたんだし」そう言いながら一号が、ぼろ布の束のようなものを、塚に立てた棒のそばに運び上げた。「まず、変な魔法を使うばあさんをおさえたらしい。それで、あとがぐっと楽になったらしいぜ。けものみたいな大男と、小人族の女にも手こずったそうだ。小人族の女は、あの小さな体で、部隊のやつらを四人もやっつけたんだと。だが、結局はつかまっちまったということよ」

リーフは、心臓が止まりそうになった。うしろで、バルダ、ジャスミン、ルーカスが息をのむのがきこえる。だが、リーフはふりかえらなかった。恐怖で、目の前の光景から目がはなせない。一号の憲兵が、ぼろ布の束のようなものを支柱にもたせかけ、六号がしばりつけている。

デインだ！　布の束にみえたのは、デインだったんだ！

たいまつの灯に、絹のような前髪と青ざめた横顔が、チラチラとみえかくれする。デインがゆっくりと顔を上げ……目を開けた。その目が恐怖にみひらかれる。

そのとき、リーフのうしろで、ハアハアあえぐ声と、もみあうような音がきこえた。「だめだ！」ルーカスが、かすれた声で訴えている。「まて、スカール！　憲兵たちが、デインの近くにいる。やつら、短剣をもっているし、火ぶくれ弾も……いま出ていったら、デインは一撃で殺されるぞ。たのむ、ちょっとまってくれ」

ルーカスは必死で、体のなかのスカールをしずめようとしている。やがて、あえぎ声がやわらぎ、もみあうような音も止まった。そのときまた、憲兵の声がひびいた。

「お目覚めですかい、陛下？」一号があざわらった。「そりゃ、けっこう」

彼が手まねきすると、仲間の憲兵たちが、両腕に枯れ枝をいっぱいかかえてかけより、つぎつぎと、枯れ枝をデインの足もとに放り投げた。山とつまれた枯れ枝に、六号の憲兵が油をぶっかけた。

「これで、ぽかぽか、いい具合に温かくなるぜ」彼はにやりとわらい、みあげると、たいまつの明かりに目をこらした。「もうすぐ、別部隊が、お友だちをひっぱって、やってくる。いつでもパーティをはじめられるぜ。さあ、だれか、ファローに連絡してきてくれ。三号、いってこい！」

「あいつは、くるもんか。西のほうで例の三人組がみつかったときいて以来、すっかり安心しちまったんだ。いまも部屋にかぎをかけて、例の緑の光で、おたのしみのまっさいちゅうさ。ドアの下からのぞいてみろよ。あいつは……」

「うだうだ、ぬかすな！」一号がどなりつけた。「ファローは、これをたのしみにしているんだ。やつぬきでやったら、やっかいなことになるぞ。さあ、よんでこい！」

三号の憲兵がしぶしぶ走り去ったとたん、広場の入り口あたりから、ジャラジャラという音がきこえてきた。つぎの瞬間、よたよたと、こちらへむかってくる一団がみえた。自力で歩いてくる者も、憲兵たちにひったてられている者も、全員が足に重い鎖をつけられている。

リーフは、その顔をみた。先頭は、髪を血だらけにした小人族のグラ・ソン。左腕をだらんとたらしている。そのつぎは、恐怖にふるえあがっているマナス。そのうしろに、ファーディープとナニオンに支えられ、トーラ族の長ゼアンがよたよたとつづく。そして最後に、石だたみの道路にうつぶせの体をうちつけながら、憲兵たちにひきずられてくるのは……グロック！　両手首は、鎖がくいこんで、血だらけだ。

だが、ひとり、たりない。ひとりだけ、姿がみえない者がいる。

「――なるほど、そういうことか」バルダが言った。

そのとき、ルーカスの巨体が、ぶるぶるとふるえだした。リーフはぞっとした。デインをみつめるルーカスの目の色が、黄色から茶色、茶色から黄色へと、めまぐるしく変わる。口が曲がり、身ぶるいがはげしくなる。スカールを、なんとかおちつかせようとしているのだ。

「わたしが合図したら、リーフはデインのところへ走って！」ルーカスはくるしそうに言った。「バルダとジャスミンは、全力でリーフを守ってください。あとは、わたしらが――わたしとスカールにまかせて。わかったら、わたしらから、はなれて。いいですね！」

リーフは、もだえるルーカスからいそいで顔をひきはなし、ふたたび塚の上のデインに目をやった。いまデインの横にいるのは、一号と六号の憲兵だけだ。ただし、どちらも短剣をぬいている。

リーフは、ふるえる指で、腰からデインの短剣をぬこうとした。もし生きて、デインに近づくことができれば、この短剣でロープを切ってやろう。それがいい。それが、いちばんだ。

ない！　あの短剣がない！　リーフは信じられないとばかりに、目をしばたたかせた。知らないうちに、どこかで落としてしまったのか？　デルへむかうとちゅう、ほろ馬車に乗りこむときだろうか。

　リーフの心に、とつぜん不安がこみあげてきた。たかが短剣をなくしただけなのに、自分がとてつもなく大きなあやまちをおかしたような気がする。うぬぼれるな！　リーフは自分をしかった。おまえはいつから、デルトラのお世継ぎの護衛をきどるようになったんだ！

　そして、自分の横にすっくと立っているジャスミンをうかがった。彼女は目を細め、口をひきむすび、一点を凝視している。そのうしろでは、バルダが剣を片手に、仁王立ちになっている。顔はまだやつれているが、まゆには、強い意志の力が満ちあふれている。

リーフは、はげしく頭をふった。しっかりしろ！　弱気になっている場合か！

彼は塚をふりかえると、自分も剣をぬいた。父が、ぼくのために作ってくれたこの剣。これだって、いいじゃないか。これだって、りっぱにロープは切れる。デルトラの世継ぎを、悪の手から救い出すことができるんだ！

鎖につながれた一団が、塚の前で止まった。一号の憲兵が、残忍なわらいをうかべて言った。「おまえら、死ぬ前に、いいものをみせてやるよ」

ちょうどそのとき、三号がもどってきた。一号は舌打ちをすると、どなった。

「どうしたんだ？　ファローはどうした」

三号は、首を横にふると言った。「いくらドアをノックしても、返事がないんだ。だから言ったろ！　やつはこないって」

「それなら、やつなしではじめる！」一号が、はきすてるように言った。「ご主人様がお出ましになったときにどうなっても、やつの自業自得だな」

一号が六号のほうへあごをしゃくると、六号が地面にとびおりた。六号はたいまつをとって、塚の上の一号に手わたした。

とらえられた人びとは恐怖に顔をひきつらせ、なんとか鎖をはずそうと、もがいている。デインは棒にぐったりともたれかかり、目を閉じている。

リーフは身がまえた。

「さあ、おまえら」一号がわめき、うけとったたいまつをふりかざした。「おまえらの愛するお世継ぎ様が、慈悲をこいながら火あぶりにされて死ぬのを、たっぷりとみるがいい」

一号は、たいまつをたきぎに近づけた。そして炎が燃え上がると、とびのいた。

そのとき、広場に大声がひびいた。

「いまだ！」

ひとりの声ではない。ふたりの声が合わさって、雷のようにひびきわたった。

12

うらぎり者の正体

リーフは走った。つかみかかろうとする憲兵たちの手や、火ぶくれ弾をつぎつぎとかわし、ひたすら前をみつめて走りつづける。うしろのほうで憲兵たちの怒声がかすかにきこえたが、それも悲鳴に変わって消えた。

リーフは、両横にいたジャスミンとバルダをはるかにひきはなし、ひとりで塚の上にかけのぼると、デインに突進した。デインのロープを断ち切り、そのぐったりした体を、炎から遠ざける。

煙で目をしょぼつかせながら、リーフはデインをかついで塚のはしまで運ぶと、背中からおろした。デインが、よろめきながら立ち上がる。リーフはデルトラのベルトをつかんだ。とめ金をはずす。大切なベルトが腰からはずされた。

そのとたん、ガラガラとすさまじい音がきこえ、わめき声がつづいた。リーフは、はっとふりむいた。広場の一画――よろめくバルダとジャスミンの足もとに、大きな穴が口を開けていた。あちこちに、火のついたたいまつがころがっている。スカールとルーカスの姿がない。おおぜいいた憲兵たちも、ごっそり消えてしまった。憲兵たちのわめき声が、しばらく夜空にこだましていたかと思うと、ぴたりとやんだ。地面がぐらぐらとゆれた。スカールが、必死に穴から出ようとしているのだ。

ほろ馬車をとめた小さな空き地から、ネズミがぞろぞろとはい出てきた。リーフの目の前で、走るネズミたちの体がかすんだかと思うと、ゆらめく白い炎のような姿に変わった。炎のおどる目。ぽっかり開いた歯のない口。どの体にも、影の大王のマークがついている！

リーフはベルトを手に、デインをふりかえった。恐怖でわけがわからない。そうか……やっぱり仲間のなかにスパイがいて、スカールをわなにかけたんだ。ぼくたちは、いっぱいくわされた！　ぼくたちの、秘密の計画がもれていたんだ。

でも、どうやって？　四人で予定外の行動をとるという、バルダとルーカスの計画は、だれも知らなかったはずなのに。だれも……。

　そのとき、リーフの目がデインの腰で止まった。デインの短剣！　デインの腰に、落としたはずの短剣がささっている！　さやにもおさめられず、そのまま腰にさされた短剣が、たいまつの光にギラリときらめいた。刃先は、銀色に輝いている――リーフがいくらみがいても、しみのとれなかった刃先が。リーフは、デインの目をみつめた。その暗い、暗い目が、すべてを語っていた。

「おまえだったのか」リーフはしずかに言った。

　デインはにやりとわらった。「おれは一つだけ、へまをやったようだな。この姿にもどるとき、短剣は処分しておくべきだったんだ。いまのいままで気づかれなかったのは、ほんとうに幸運さ。もし、おまえがおれをたすけにかけよってくる前に、これに気づかれていたら、だいじな計画も全部水の泡だからな」

　デインはとつぜん手をふり上げ、リーフの腕をなぐりつけた。リーフがつかんでいたデルトラのベルトが、火のなかにたたき落とされる。リーフは、あっとさけんで、それをひろい上げようとした。だが、デインの氷のようにつめたい手が、リーフの手をぎゅっとつかんではなさない。デインが目を細めると、とつぜんリーフの剣が燃えるように熱くなった。熱い！　リーフが思わず剣から手をはなすと、剣はむなしく塚から落ちていった。デインがわめいた。

「おれは、いい気分だよ、人間め。おまえに、やっとおれの正体がわかってな。おれは、いつだって、おまえがどれほどおろかなやつか教えてやりたくて、うずうずしていたんだ。だが、それはどうでもいいことだ。これでもう、アディンとやらが作ったデルトラのベルトをおそれることはない。いまいましいベルトも、炎のなかでもうすぐ、ただの鉄くずになりはてるのさ」

そう言うとデインは、急に憲兵たちのほうをむいた。そして、一瞬にして仲間の大半を失い、ぼうぜんと立ちすくんでいる憲兵たちを指さすと、命じた。

「囚人どもを城へつれていけ！　ここでは、もう用ずみだ」

「だめだ！　つれていくな！」リーフは歯ぎしりをした。「おまえはもう、デルトラのベルトをとったじゃないか！　これ以上、どうしたいんだ！」

デインの大きな、暗い目が輝いた。「おれが合図すれば、ご主人様がやってくる。ご主人様は、おまえと、おまえの仲間たちをごらんになるだろう。おれがさがし出してきた、ほかの罪人たちも。そうすれば、おれはご主人様の第一のお気に入りとなり、ご主人様からこの国をいただいて、治めることになるんだ。もとより、緑の光をあびて、ふぬけになっているファローのやつには、国を治めるなんて、とうてい無理な話だったのさ。そして、リーフ。おまえは、廃墟となった故郷で、愛する人たちの死骸のなかで、もだえ死ぬがいい」

リーフが、はっとした顔をみせた。デインはあざわらうように言った。「にぶいやつめ！　まさかイカボッドがおれの命令で動いているとは、思いもしなかったろう。あいつはおれをつれ去ったんじゃない。おれが命じたから、おれをデルまでつれ去るふりをしたんだ。おまえ、おれがこの短剣に化けたとは、夢にも思わなかったみたいだな。Aオルはどんな姿にも変身できるという話を、わざわざしてやったのに。おまえは短剣に化けたおれを、腰のベルトにさした。思うつぼだ。そしてずっと、めそめそ、おれのことを心配していた。自分が、おれをずっとつれ歩いているのも知らずにな。おれは、おまえの腰にくっついて、おまえの行動を一から十まで監視していたんだよ。おまえたちが秘密の計画を立てるのをききながら、おれは、どうやってあのやっかいなルーカスをたおし、いまいましいデルトラのベルトをこわしてやろうかと考えていた。そして、たっぷり情報をつかんだころに、おまえの腰をはなれ、ここへきて準備をしたのさ」

デインは、あわてふためいている憲兵たちにむかって手をふった。だがリーフは、一点をみつめたまま、目をはなさない。リーフはさっきから、デインのうしろで何かが動いていることに気づいていた。だれかが、ゆっくりと塚の石段をのぼってくるのだ。鷹のような顔。ほおに走る、ぎざぎざの白い傷。もつれた黒髪。そっと、そうっと……。

「デイン。ぼくは、おまえを信用していたんだ。おまえがお世継ぎだと信じきっていた」

デインはあざわらった。「それが、はじめからの計画だったんだよ、おろかな人間め。おれは、そのために作られたんだ。おれは自分の役割を完璧にこなした。そうだろう？　おれは一つもへまはしなかったぞ」

「いや、したさ」リーフは言った。「おまえはトーラに入るべきではなかった。トーラの魔力に勝てると思いあがって、あのトンネルをくぐり――もう少しで、命を落とすところだったじゃないか」

デインの目にはじめて、動揺があらわれ、顔がくもった。だが、言いかえそうとはしない。リーフは必死で頭を回転させた。

（こいつをしゃべらせつづけるんだ。こいつの目を、ぼくにひきつけておくんだ）

「へまは、まだある。おまえはバルダの食べ物に少しずつ毒をもったが、殺せなかったじゃないか」リーフは、しつこく言いつのった。「もちろんぼくだって、なぜバルダが弱っているか、気づくべきだったんだ。わすれていたよ、アメジストが色あせるのは、毒の存在を感じるときなんだ。だがおまえも、一つわすれていたな。エメラルドは、毒をくだしてくれる。それで、バルダはなおったんだ」

デインは口をひん曲げて言いかえした。「バルダがご主人様に対面したら、あのとき死んだほうがましだったと思い知るさ」

(もう少し……もう少しだ)リーフは、あせる心をおさえて言った。

「おまえはバルダをおそれていた。バルダは、エンドン国王のことやデル城の生活を知りすぎている。『ガブリ草原』のそばの小屋で、骸骨がもっていた国王の遺書も、ひと目でうそだとみぬいてしまった。だからおまえは、バルダは危険だとさとったんだ。おまえのだいじなご主人様の計画が、また一つ、だいなしになったんだからな!」

デインの息づかいがはげしくなった。そのゆがんだ顔は、リーフがずっと長く親しんできた、繊細で、ひかえめなデインのものとは、とても思えない。

「ご主人様には、いくらでも手段があるのさ、人間め！　なかでも最高のかくし玉が、このおれだ。おれは何度、そのことを、おまえらに知らせてやろうと思ったかわからない。おまえらが眠っているあいだに、ひと思いに殺してやろうかと思ったこともある。だが、それはきびしく禁じられていた。ご主人様からは、おまえたちにさとられぬよう、ご主人様とは接触するなという命令が出ていたんだ。なにしろおれは、すべての作戦が失敗したときの、とっておきの奥の手だからな」

「おまえは一度、影の大王と連絡をとったな。そして、ぼくたちの本名を告げただろう」

（もうすぐだ……）

デインは、古傷を思い出したように、胸をかきむしり、にがにがしげに言った。

「あのときは、おしかりをうけた。それ以後は、自分ひとりで判断することにしたんだ。そしてとうとう、おれの天下がやってきたのさ」

デインがとつぜん、空をみあげた。「ご主人様！　いまです！」

雷鳴がとどろき、大地をふるわせた。巨大な赤い雲が、北のほうから、星をおおいかくすようにして近づいてくる。デインは目をぎらぎら輝かせて、リーフをにらみつけた。「いま、影の大王軍が立ち上がった！　さからうものは、皆殺しだ！　おまえと、おまえの仲間たちのせいだ。おまえらが、影の大王様のお怒りに火をつけたのだ。デルのリーフよ！」

（いまだ！　ジョーカー！）

ジョーカーはひと声さけぶと、デインにとびかかって彼を組みふせ、心臓に剣をつきたてた。だが、デインがヘビのように身をよじると、その体は溶けはじめ、不気味な白いかたまりと化して、ジョーカーの前に立ちふさがった。霧氷のようなつめたい霧がまとわりついた白いかたまりは、むきを変え、ジョーカーののどをつかんだ。細長い、死人のようにつめたい指で。

リーフは思わずあとずさりすると、想像をこえる冷気にふるえた。燃えさかる火あぶりの火が、ゆらいで消える。

首を絞められ、ジョーカーはひざをついた。デインに化けていたオルが、けたけたとわらいながら、おおいかぶさる。そのとき、広場の一画でさけび声があがった。無数のオルがおそってきたのだ！　ジャスミンとバルダが、たいまつをふりかざし、よってくるオルをつぎつぎとふりはらっているが、とらわれの身の仲間たちはつれ去られてゆく。空を、巨大な赤い雲がおおいつくしている。

リーフはあえぎながら、くすぶる火のところへはっていき、燃えさしのなかを必死でさぐった。指が、燃えさしの熱さに焼かれたかと思えば、オルの冷気にこおる。そのとき——あった！　白い灰のなかから、デルトラのベルトがあらわれた。無事だ！　完全な姿のままだ。リーフはよろよろと立ち上がった。輝くベルトから灰がこぼれ落ち、七つの宝石が赤くそまった空の下で輝いた。

（いまだ！）

リーフは最後の力をふりしぼって、オルの腰にデルトラのベルトをまわすと、両手でしっかりと巻きつけた。

オルが悲鳴とともに両手を上げた。その手から解放されたジョーカーが、塚の石段をドサドサドサと落ちていく。オルの体の、ベルトがふれた部分から煙が上がり、そこから、白い体が溶けはじめている。オルは身をよじり、なんとかベルトをはずそうともがいた。だが時はすでにおそい。溶けていく、白いぶよぶよのかたまりのなかから、一つの顔だけがつきだした。デインだ。臆病そうな顔、哀願する顔、泣きそうな顔、わらっている顔、からかうような顔、気高い顔、勇敢な顔……あらゆるデインの表情がうかんでは消える。

リーフはきそうになり、思わずかがみこんだ。だが、ベルトをしっかりにぎりしめ、かたく目をつぶっていた。やがて目を開けると、オルの姿は消え、石づみの塚の上に、白くにごった水たまりだけがのこっていた。

彼はベルトを腰につけ、横たわるジョーカーをめざして、石段をかけおりた。ジョーカーは、ガタガタとふるえながら、何かつぶやいている。くちびるはまっ青で、首のまわりには、オルの手のあとがくっきりと赤くのこり、目の上にはこ

ぶができている。

「リーフ！」

リーフははっと顔を上げた。ジャスミンとバルダがかけよってきた。

広場をうめていたオルたちは、もう追ってこない。ためらい、何をするでもなく、ただより集まっているだけで、まるで、どうしたらいいのかわからないかのようだ。リーダーのAオルがやられて、自分たちまで力がぬけてしまったようだ。

だがすでに、何匹かは立ちなおりはじめていた。しかも、頭上の深紅の雲ははげしくみだれ、渦巻きながら、デルの街の中心へむかって動きだした。

リーフは必死でジョーカーをひき起こすと、頭を回転させた。これから、どこへいこう？　どこへかくれよう？

そうだ！　ふいに答えがうかんだ。

こまったときに、いつも帰る場所。

両親の家――あの鍛冶場だ。

13 鍛冶場

鍛冶場は暗く、荒れはてていた。門には影の大王の焼き印がつけられている。だが、雨風はしのげるし、火も水もある。そして、当面は安全だ。

リーフたちは火を起こし、ジョーカーを毛布でくるんだ。女王バチのハチミツをなめさせ、傷を洗った。

やがて、ジョーカーの意識がもどってきた。まぶたがひくひく動き、目がかすかに開く。ジョーカーは勢いよく燃えるだんろの火をみつめると、しわがれた声でつぶやいた。「ここは……どこだ?」そして、のどに手をやり、それから額のこぶをなでた。

「いいから。だまって」リーフがささやいた。ジョーカーの視線が一瞬リーフをとらえたが、すぐに、あらぬほうをさまよいだす。

「頭を強く打ったのね」ジャスミンが不安そうに、部屋のなかを歩きまわりながら言った。「治るには、かなり時間がかかるわよ」

「まいったな」バルダは窓辺により、カーテンのすき間からそっと外をのぞいた。

「やつら、おれたちが逃げたことに気づいたら、まずここをさがしにくるぞ。いますぐにでも移動したいところなんだが」

だが、リーフはジョーカーをみつめたままだ。ジョーカーがまゆをひそめ、ふしぎそうに部屋のなかをみまわしている。テーブル、いす、クッション――どれもみおぼえがあるが、思い出せない、と言いたげな顔だ。やがて、さまよう視線がジャスミンをとらえると、ふいに目が輝き、くちびるが動いた。

「ジャスミン！　早くここへ！」リーフはさけんだ。

ジャスミンが、いそいでジョーカーの横にすわった。ジョーカーが手を上げ、ジャスミンのほおにさわった。くちびるがまた動いたが、その声はかぼそく、いまにも消えてしまいそうだ。

「ジャス……ミン……いい子だ……おまえは……そっくりになってきたなあ……おかあさんに」

ジャスミンはぎょっとしてとびのき、かっとなって、ジョーカーの手を乱暴にふりはらった。「どうしてそんなこと言うの？　わたしの母は死んで、もうこの世にいないのよ！」

「そうだ……わたしの愛する妻は……死んだ」ジョーカーの顔がかなしみでゆがみ、目に涙があふれる。リーフの心臓が、早鐘のように鳴った。

「ジャスミン……」リーフがささやく。

だがジャスミンは、背をむけたまま、すすり泣いている。

ジョーカーは目を閉じ、言葉をついだ。「なあ、おまえ……むこうからは……かくまえないという返事がもどってきたよ……」まるで、手紙をにぎりしめるように、指が動く。「しかたない……ひきかえそう……デルの東へ逃げよう……西ではなく……」

リーフは息をのんだ。ジョーカーの記憶がもどりはじめている。頭を強く打ったことで、長いこと開かずにいた記憶の扉が、開かれたのだ。

「そう……東がいい……」ジョーカーはつぶやいた。「情報では……西の道路には……憲兵がつめている。子ども連れの女はみんな……殺されているそうだ。東へいこう……『沈黙の森』へ……。やつらも……まさか……あそこまでは……さがしにくるまい……」彼は言葉を切った。記憶のなかの、愛する妻の返事をまっているのだ。やがて、その口もとがやさしくほころんだ。

ジャスミンが、涙にぬれた顔でふりかえった。フィリが心細げな声をあげ、クリーも暗い声で鳴く。ジャスミンは無意識に肩に手をやり、フィリとクリーをなだめた。だが、目はジョーカーをみつめたままだ。

「東は……危険だと言うんだね？」ジョーカーはため息をついた。「ああ……そのとおりさ。だが……いまはどこへいっても危険だよ……気をつければ、だいじょうぶだ。おれたちは……生きのびられる。これから生まれる子もだ。この子は、きっと……強い子に育つ。そして時がくれば……」

リーフの胸は高鳴り、息が止まりそうになった。窓辺にいたバルダもふりかえり、目をまるくしてみつめている。

ジョーカーの頭が、何かをさがすかのように動いた。「かわいい……ジャスミン……」

「お……とう……さん？　あなたが、わたしのおとうさんなの？」ジャスミンはジョーカーの手をとった。「わたしよ、ジャスミンよ！　おとう……さん」

ジョーカーは、もう一度目を開けようとしたが、まぶたが動いただけだった。

「かわいそうな子……勇敢で……小さな……わたしたちのひとり娘……」目をつぶったまま、つぶやきつづけた。「あそび相手は鳥と動物だけ……おもちゃは『沈黙の森』の木や石だけ……本も、きれいな服もない……あるのは恐怖だけ……いつも恐怖だけだ！　おれとおかあさんは……何度、話しあったことか。これで、よかったのかと。おれたちはいい。自分たちで選んだ道だから。だが、おまえにまで……」ジョーカーの声がかすれて消え、ふたたび眠りに落ちた。

「おとうさん……わたし、幸せだったわよ、おとうさん！」

ジャスミンは、手の甲ではげしく涙をぬぐうと言った。「おとうさんも、おかあさんもいたし、あそびも歌も、たくさん教えてもらったじゃない！」ジャスミンはジョーカーのそでをひっぱり、必死で目を覚まさせようとした。

「ねえ、おとうさん！　わたしのいちばんのお気に入りの歌、知ってる？　おとうさんが教えてくれた歌よ。絵が描いてある紙をくれて。ねえ、おぼえてる？」

ジョーカーは返事をしない。ジャスミンはジョーカーの手をはなすと、夢中で上着のポケットをさぐった。ジャスミンの宝物が、ひざの上につぎつぎに落ちてくる――鳥の羽根、糸、歯のかけたくし、数枚の紙きれ……。目あてのものが、やっと出てきた！　古い古い紙――折りじわだらけの、きたない紙きれだ。

ジャスミンはその紙をていねいに開くと、眠っているジョーカーの顔の上でゆらした。「ほら！　わたし、まだ、だいじにもってるのよ。みて！」

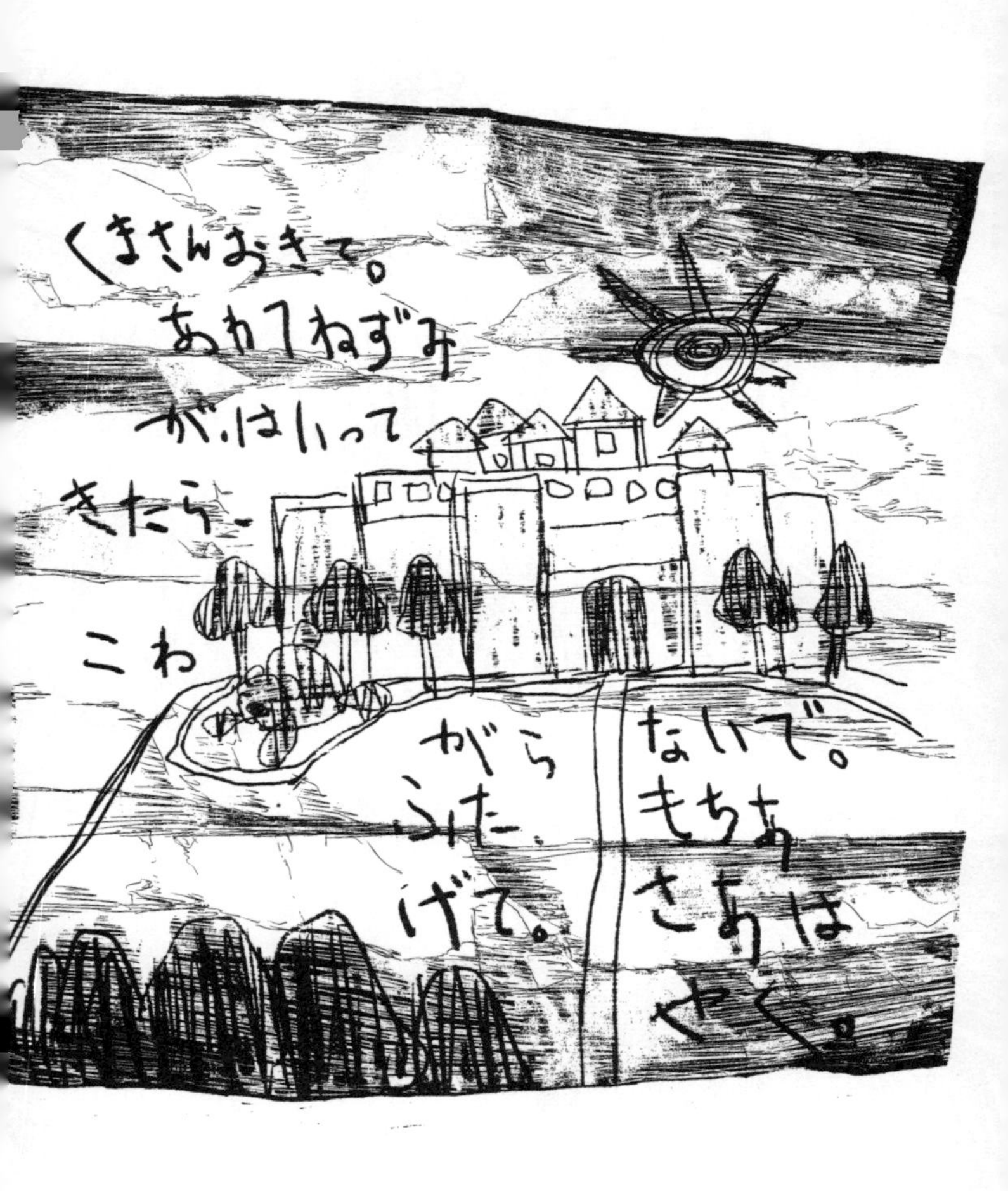
くきさんおきて。
あかねずみ
が、はいって
きたら、
こわ
がら
ないで。
ふた
もちあ
げて。
さあは
やく。

信じられないことが起こっている。リーフは思わず、バルダと顔をみあわせた。エンドン国王が子どものときに描いた絵と歌が、ここにある。王家の人びとだけに、城の秘密の地下道を語り伝える歌。ほかでもないこの部屋で、リーフは父から、エンドン国王とシャーン王妃が城を脱出したときのようすを、何度もきかされた。この歌のことも。父の話がうそではなかったという証拠が、いま、ここにある。そして、ジャスミンがそれをもっていたのだ。長年、肌身はなさずに。

リーフはふいに、『ベタクサ村』で七部族が集まり、ベルトに誓いをたてたときのことを思い出した。あのとき直感で、ぼくは思った。この場所に、デルトラの世継ぎがいると。あれは、まちがっていなかったんだ！

リーフは、ふるえる指でデルトラのベルトを腰からはずし、ジャスミンの腕にふれた。ジャスミンが、かなしみをたたえた顔でふりかえる。彼は、デルトラのベルトをさし出した。

ジャスミンがはっと息をのみ、目をみひらく。リーフの言いたいことがわかったのだ。彼女は首を横にふりながら、すわったまま、あとずさりした。

「ジャスミン、ベルトをつけろ！」バルダがさけんだ。「ジョーカーが、エンドン国王だったんだ。おまえはその子ども、つまり、デルトラの世継ぎなんだ！」

「ちがう！」ジャスミンはさけび、はげしく首を横にふると、またあとずさりした。その肩の上でクリーが鳴きつづけている。「ちがう！　そんなはずないわ！　わたしはいや。わたし、そんなことできない！」

「できるよ。いや、これは——きみの義務だ」リーフがつめよる。

ジャスミンは一瞬、リーフをみつめ、いまにも泣きそうになった。だが、よろよろと立ち上がると、リーフが近づき、息をつめて、ジャスミンの細い腰にベルトをつけ、とめ金をかけた。だが……。

何一つ、変化は起こらない。ベルトは発光しない。輝きもしない。何も変わらない。大きなため息とともに、ジャスミンはとめ金をはずした。ベルトがガチャンと音をたてて、足もとに落ちた。「かえすわ、リーフ」彼女はつかれたように言った。「ね、ちがうって言ったでしょ」

「でも……そんなはずは！　世継ぎはきみだよ、まちがいない！」

「もし、そうだとしたら――」ジャスミンは、あいかわらず力のない声で言った。

「わたしたちが、デルトラのベルトについてきかされてきたことは、みんなうそだったのよ。ジョーカー――わたしの父が言うとおりだったのよ。希望にすがると、泣きをみるって。わたしたちは、たわいもない神話に、命をかけた。魔法を信じたがる人たちのために、むかしから伝えられてきたおとぎ話にね」

バルダはどかりといすにすわりこみ、顔を両手にうずめた。

リーフはかがみこむと、床からベルトをひろい上げ、ふたたび腰につけた。何が何だかわからない。なぜベルトは輝かないんだ？　ジャスミンが拒否したからか？　それとも、デルトラのベルトに何か問題が？　宝石のどれかが、にせものなのか？　いや、それぞれの宝石をはめるたびに、ベルトは温かくなった。ベルトは、すべての宝石が本物だと認めている。

リーフはだんろのそばをはなれた。バルダはだまりこみ、ジャスミンは、眠るジョーカーの横にすわっている。リーフは暗い廊下に出ると、以前自分が使っていた小さな部屋へふらふらと入っていった。ベッドに横たわると、ベッドはなつかしいきしりをたてた。この部屋で寝るのは、十六歳の誕生日以来だ。あのときここに横たわっていた自分が、別人のように思える……。

つぎの瞬間、彼はがばりとはね起きた。家の前でものが割れる音がし、さけび声がきこえる。

「男はつかまえたぞ！　おい、まて、娘！」野蛮な声がわめいた。

リーフはドアにかけよると、剣をぬいた。ガラスが割れる音、わめき声、ドカドカという長靴の音。クリーがはげしく鳴きたてている。

「その黒い鳥に、気をつけろよ！」別の声がどなった。「くそ、この……いまいましい鳥め！」

リーフは必死で、壁づたいに音のするほうへ走っていく。

「近よらないで！」ジャスミンがさけんでいる。「近よらないでよ！　こっちは三人しかいないのよ。そっちは十人もいるじゃない！　十人も！」

　リーフははっとした。これはジャスミンからの合図だ。リーフに、きてもむだだ、近よるなと合図しているのだ。同時に、憲兵たちには、この家にいるのはジャスミン、ジョーカー、バルダの三人だけだと思わせようとしている。

　そのとき、「この小娘！」という声につづいて、するどい平手打ちの音がきこえた。「これで少しは、おとなしくする気になったか！」憲兵がわめいた。

「三人か、ふん！　ファローの言ったとおりの場所にいやがった。しかも、ひとりは意識を失っていやがる。かんたんなもんだ」わらい声と、人の体が床をひきずられていく音がきこえ、やがてあたりはしずまりかえった。

　リーフは少しまってから、そっと居間に入っていった。だんろの火はあいかわらずさかんに燃えて、荒らされた部屋を明るく照らしている。テーブルもいすも、すべてひっくりかえされ、二つの窓はどちらも、たたき割られている。憲兵団は、乱暴のかぎりをつくしていった。

クリーが、ひっくりかえされたいすの上にうずくまっている。リーフが近づくと、ふりむいて、かなしげに鳴いた。リーフは剣のつかを、ぎゅっとにぎりしめた。とつぜん、彼の心につめたい怒りがわき起こった。「クリー。ぼくも、ジャスミンたちを救えなかった。でも、これですべてが終わったわけじゃないぞ」

リーフがさし出した腕に、クリーが飛んできた。そのとき、こわれた窓から、大きな鐘の音がきこえてきた。ききおぼえのある鐘の音だ。リーフはクリーに言った。「市民を城へ召集する鐘だよ。ぼくたちもいこう。でも、ほかの人たちのように、城壁の外でみているわけにはいかない。城のなかに入るんだ」

リーフは、だんろのそばに歩いていき、ジャスミンが、いろいろな宝物といっしょに落としていった紙きれをひろい上げた。彼は慎重にそれを折りたたみ、ポケットに入れた。

くまさんに、もう一度目を覚ましてもらうときがきたのだ。

14

処刑台

リーフの目の前に、寒々とした無人の祭壇があらわれた。ついに秘密の地下道をぬけ出したのだ。父にきいていたとおり、ここはデル城のチャペルだ。

彼は、もち上げた大理石のタイルをもとにもどした。そして、ふるえる手でチャペルのドアをおし開けると、暗い階段をのぼりはじめた。その腕に、クリーがしっかりとまっている。

これから、どうすればいいのか。何一つ作戦はない。だがリーフは、ふしぎにおちついていた。自分がいま、ここにいるのは正しいという気がする。すべてが、ここではじまったのだ。けりがつくのも、ここ以外にないだろう。たとえ、どんな結末であれ……。

彼は、暗く、せまい階段から、城内をうかがった。一階には人けがない。だが、二階につづく大階段のほうから、わあっという群衆のざわめきが、かすかにもれてくる。二階の大広間の窓が、すべて開け放たれているにちがいない。音はそこから入ってくるのだろう。リーフはみなくてもわかっていた。デルの全市民が、城壁をはさんで城の正面とむかいあう丘に集められている。ひしめきあって処刑台をみあげているのだ。リーフの心に、おさないときからみなれた、おそろしい処刑の風景がうかびあがった。

デル城の処刑台は、二階の大広間の窓から城の外壁にむかってはり出した、大きな木造の舞台で、太い柱の上に建っている。ひとすみに旗ざおがあり、灰色の地に赤い手のマークが染めぬかれた影の王国の国旗が、舞台の真上の旗ざおにはためいている。

この処刑台は、影の大王の侵入と同時に造られた。いまもむかしも、デル市民の恐怖の的となっている。リーフも、おそろしくてしかたない。おさないときには、遠くからみるだけで泣きそうになったものだ。なにしろ処刑があると、生まれて間もない赤んぼうまでが見物にかりだされる。しかも、けっして顔をそむけてはならないと命じられている。影の大王に逆らうとどういうことになるかを、デルの市民にひとりのこらず知らしめるためだ。

効果はてきめんだった。市民は一年に一、二度、おそろしい処刑の現場に立ちあわされる。そのあいだにもたえず、処刑台は市民に恐怖を思い起こさせた。処刑台の下の地面には人骨が山づみになり、城の壁には、いくつもの頭蓋骨が打ちつけられ、処刑台のはしからは、影の大王の焼き印をおされ、くさりかけた死体が、そこかしこにぶらさがっている。

「デルの市民よ！　これらのうらぎり者どもを、しっかとみよ！」

かん高い声が、大階段を伝わってかすかにきこえてくる。リーフは思わず、剣をにぎりしめた。ファローがみずから処刑台に立ち、市民たちに命じている。ふつうは影の憲兵が処刑を実行するのだが、今回はもちろん、とくべつなのだ。

鍛冶場を逃れてから、リーフは、秘密の地下道を城まで走ってきた。だが、鍛冶場を襲った憲兵たちはいまごろ、バルダたちをひったてて、まだ丘の道を進んでいるところだろう。ファローは、最大の罪人、にくき三人組をまたずに、さきにとらえた六人を処刑するつもりらしい。

リーフはすばやくあたりをみまわした。城のなかから処刑台へ近づくのは無理だ。処刑台につながる二階の窓は、おおぜいの憲兵たちで守られているはずだ。

まてよ、とリーフは思った。おとうさんは、一階に厨房があると言っていた。しかもいま、一階にはだれもいない――城の使用人たちはすべて、二階より上にいるはずだ。よし。厨房をぬけて外へ出て、処刑台の下へまわろう。そこから、処刑台を支える柱をよじのぼればいい。

だが……処刑台は、こうこうと照らされている。柱をのぼったリーフがちょっと頭を出しただけで、舞台の上にいる憲兵の目にとまるだろう。憲兵はみな、火ぶくれ弾をかまえている。かえの弾の箱を、うしろに山とつんで。群衆が反抗的な態度をみせれば、ただちに火ぶくれ弾を発射せよと命じられているはずだ。

「ぼくも、おまえみたいに飛べたらなあ……」リーフは、腕にとまっているクリーにつぶやいた。「そうしたら、上からやつらに奇襲をかけられるのに」

クリーが目をしばたたかせ、首をかしげた。とたんに、名案がひらめいた。

リーフは厨房を走りぬけ、城の外へ出た。赤黒い雲が頭の上にたれこめ、地上に不気味な光を投げている。ファローの声がはっきりきこえた。

「……この六人は、われらが偉大なる影の大王様を失脚させようとした、大罪人である。そのようなふらちな計画が、成功するわけもない」

リーフは、ファローのいやらしい声を、心のなかから閉め出した。

(いそげ!)リーフの目に、城がぼんやりとうつる。暗い。だが、窓わくもさんも壁の彫刻もみえる。足がかりになりそうなものは、いくらでもある。

彼は、城の横手の壁を、するするとのぼりはじめた。二階の窓をすぎ、三階の窓の下を伝うように細くはり出したさんに足をかけた。

窓ふき係たちが、このさんに腰かけることは、よくあるだろう。だが、リーフは立っている。彼は細いさんの上で慎重に体のむきを変え、背中を三階の壁にぴったりつけて動きだした。建物の角を曲がり、正面に移動する……。

足もと、リーフの左下に、処刑台が光に照らされているのがみえた。リーフは、左へむかって、少しずつ進んだ。

処刑台は憲兵でいっぱいだ。たいまつが明るく闇を照らす。円錐形をした大きな赤いものがいくつか、処刑台の四すみにおかれている。何に使うのだろう。みたこともないものだ。一方には、燃える石炭を入れた金属の巨大なつぼがおかれている。リーフは歯ぎしりした。これで焼きごてを熱して、囚人の肌を焼くんだ。

処刑台の中央には、二本の鎖を手にしたファローが立っている。その足もとに、ふたりの男女がうずくまっている。それぞれ、首に鉄のかせをはめられ、そこからファローがにぎる鎖につながれている。ファローのうしろには、さらに六人の、鎖につながれた囚人たちが立たされていた。グロック、ゼアン、マナス、ナニオ

ン、グラ・ソン、ファーディープ。みんな、傷だらけだ。ゼアンはよろめいている。グロックは、立つこともままならない。

ファローは彼らを、骨ばった指でするどく指さした。「デルの市民よ！　このざまをみたか。この者たちの、みにくい姿を。邪悪な顔を。やつらは怪物だ！　デルの街への侵入者だ！　二重の焼き印のうえ、死刑に処す！」

リーフは目まいを感じ、背中を壁につけたまま、はげしくあえいだ。胸がつまって、息もできない。

六人の憲兵が大またで進み出ると、石炭のつぼに焼きごてをつっこんだ。それぞれが声をたててわらい、赤く燃える焼きごてにつばをはいた。ついに、彼らのおたのしみの時間がやってきたのだ。群衆とむきあっている憲兵たちが、おどすように火ぶくれ弾の発射砲をかかげてみせた。

「二重の焼き印のうえ、死刑！」いならぶ市民が、声を合わせてさけんだ。

顔を上げ、口ぐちにさけぶ群衆をみて、リーフは胸のはりさける思いだった。

彼らは、わらってもいない。怒ってもいない。まったくの無表情だ。希望も絶望も、いっさいの感情をすて去った顔が、ひしめいている。

とつぜんファローが、ちらりと大広間のほうをふりかえった。窓の近くがさわがしい。憲兵たちが、伝令の憲兵に道をあけている。伝令兵は、ファローに合図し、興奮してうなずくと、うしろを指さした。ファローの顔色が変わった。勝ち誇ったようなえみが満面にひろがり、ふいに空をみあげた。リーフは息を殺し、壁にへばりついた。

だがファローは、リーフをみつけたわけではなかった。彼はもっと高いところをみている――塔だ。塔の屋根に、七羽の巨大な鳥がとまっている。かぎのようなくちばしを、深紅にそまる空にむけて。塔のなかの、かつてガラスの箱に入ったデルトラのベルトがおさめられていたあたりに、赤い煙が渦巻いている。その煙のなかに、影のような姿が立っている！　じっと何かをまっている。

リーフは、さんの上をさらにじりじりと進み、目あての位置まで移動した。そこは小さな石のひさしの上で、処刑台の真上だ。すぐ横に影の王国の国旗をかかげた旗ざおがある。彼は、ふるえる手をはげますようにして、ベルトにはさんでいたロープをひっぱり出し、片方のはしを旗ざおにむすんだ。それをゆっくりとひきよせ、強さをたしかめる。よし、だいじょうぶだ。

ファローが群衆のほうにむきなおり、手をひらひらとふる。憲兵たちが、六人の囚人を乱暴にひきもどし、城の壁にむけて立たせた。

「この者たちの処刑にさきがけ、告げたきことがある」ファローは、よろこびに声をふるわせてさけんだ。「影の憲兵団は、わが命令により、わが国の宿敵を三名、とらえた。わたしの思っていたとおりになったのである！」

ファローはその顔をにくしみにゆがめてかがみこむと、足もとにたおれていた、ふたりの男女をつかんだ。

リーフは息をのんだ。やせこけた体にぼろ布をまとい、ファローが容赦なく立たせようとしたのは――おとうさんとおかあさんだ！　ファローは、ネコがネズミをいたぶるように、リーフの両親の首の鉄かせをゆすぶり、ふたりを乱暴に立たせた。ふたりがふらふらとよろめいた。ファローはわめいた。

「わたしはなさけ深い。おまえたちが死ぬ前にひと目、息子に会わせてやろう。そしてデルの市民よ、みるがいい！　売国奴の両親が、自分たちのおかした罪と、自分たちのついたうそのつぐないを、たっぷりさせられるところをな！」

　リーフの耳に、おそろしいうなり声がきこえた。人びとが両親をみつめている。やせこけた男女の囚人が、ほかでもないあの親切でものしずかな鍛冶屋と、やさしく快活なその妻だと知って、人びとの無表情な顔が、つぎつぎと痛みとかなしみにゆがんでいく。なかには、リーフの両親の名前さえ知らない人もいるだろう。だが、ふたりの人がらは、デルじゅうに知れわたっている。そのふたりが、これからどういう目にあわされるのかを思うと、たまらないのだろう。

　リーフは、デルトラのベルトをそっと腰からはずすと、足もとにおいた。このベルトの力を借りれば、戦いが楽になることは、わかっている。だがこれは結局、勝ち目のない戦いだ。もし、ぼくがここで死ぬ運命だとしても、このベルトを道連れにするのはいやだと、リーフは思った。このだいじなベルトを敵にわたし、目の前でめちゃくちゃにこわされるのはいやだ。そんなところを、両親にみせたくはない。

リーフは、デルトラのベルトをみつめた。すべての発端となった、ふしぎなベルト。七つの宝石がもどったベルトは、Aオルのデインを殺し、デルトラ王国の世継ぎを感知できるほどの威力を発揮した。だがそれでも……。

どこか一つ、欠けたところがあるのだ。リーフたちが、ついにみつけきれなかった、デルトラのベルトの最後の秘密。

答えはすぐそこにある。そんな気がしてならない。それさえわかれば……。

鋼のメダルの上で、七つの宝石が輝いている。トパーズ、ルビー、オパール、ラピスラズリ、エメラルド、アメジスト、ダイアモンド。

リーフは、それぞれの宝石をとりもどしたときのことを、思い出した。七つの宝石が、一つまた一つ、順番にもどってきたときのよろこびを。
まてよ……順番？　彼は鳥肌がたつのを感じた。順番か！　『デルトラの書』のなじみの一節が心によみがえった。

【七つの宝石、それぞれに魔力あり。七つが、意味なす一体となれば、はるかに強き魔力を発揮す。デルトラのベルト、アディンの作りし形のまま、その直系にまとわれしとき、いかなる敵をも、うち負かす力をもつ】

（七つが意味なす一体となれば……意味なす一体……意味なす一体。そうか！）
リーフは剣をぬくと、デルトラのベルトの上にかがみこみ、刃先で宝石を一つずつ、はずしていった。どれも、おどろくほどかんたんにはずれた。まるで宝石が進んで手を貸しているかのように。そして、宝石をベルトにはめなおすとき、リーフは、七つの宝石に導かれるままに手を動かした。今度はべつの順番に……

正しい順番に……。

ダイアモンド、エメラルド、ラピスラズリ、トパーズ、オパール、ルビー、アメジスト。

DIAMOND、**E**MERALD、**L**APIS・LAZULI、**T**OPAZ

OPAL、**R**UBY、**A**METHYST。

——D・E・L・T・O・R・Aの順番に。

宝石たちは、まっていましたとばかりに、つぎつぎとベルトにはまっていった。

リーフはほっとため息をつくと立ち上がった。光輝くデルトラのベルトをにぎりしめて。呼吸はもうおちついている。ベルトをにぎる手も、しっかりしている。

まちがいない、とリーフは思った。宝石の順番をならべなおしたことで、ベルトは意味なす一体となった。アディンがはじめてベルトを作ったとき、そのままの形に。鍛冶屋のアディンは、七部族から貴重な宝石をゆずりうけて、一つの国を作った。そのとき、七部族の宝石の頭文字を順番につなげて、国の名前にしたのだ。

真に完全となったデルトラのベルトはいま、アディン国王の直系につけられるのをまっている。

そのとき、眼下にジャスミンの姿がみえた。いまにも、処刑台にひったてられようとしている。リーフはようやくわかった。なぜ、自分がこんなところまで導かれてきたのか。

彼は作戦をかためた。

15

決死の戦い

リーフの下で、処刑台に通じる窓が、ふいにさわがしくなった。新たな囚人たちがひったてられてきたのだ。ファローの命令で、憲兵たちが四すみの赤い円錐形のものに火をつける。シューという音とともに目もくらむような白い炎が上がり、人びとが息をのむのがわかった。光は処刑台にみなぎり、囚人たちの顔を照らしだす。あたりが昼間のように明るくなり、城の壁面が屋根まで輝きわたった。

処刑台の真上にいるリーフの姿が、くっきりとうかびあがる。

リーフはひるんだ。だが、かくれる場所はどこにもない。デルの全市民が、こちらをみあげている。この姿がみえないわけがない。いや、顔まではっきりみえるはずだ、とリーフは思った。彼らはいまにもぼくを指さし、さけびだすだろう。

すると、ファローがふりかえり、ぼくの姿をみつけ、憲兵たちに命令する。

……もうだめだ。リーフは覚悟を決めた。

ところが、城外からは声一つきこえてこない。だれもが、だまりこくっている。若い母親にだかれた子どもが、目をまるくして手を上げかけた。母親が、すばやくその手をおさえ、何かをささやく。子どもはたちまち、おとなしくなった。

リーフは息をのんでみつめた。デルの全市民が、彼をみつめかえす。友だち、その両親たち、父とともに鍛冶場で働いていたときの客——なじみの顔が、たくさんある。リーフの名前までは知らないが、街で姿はみかけたという人もいるだろう。街中を走りまわっていた、わんぱく団のひとりとして。リーフのことをまったく知らない人たちも、もちろん、おおぜいいた。

だが、その人たちも、リーフのじゃまをしようとはしなかった。この少年は味方だと、わかっているのだ。手にしたベルトがその証拠だ！

ファローはまだ、何も気づいていない。ジャスミン、バルダ、ジョーカーが、頭巾で目かくしをされ、重い鎖をつけられて、ひったてられてくるのをみつめている。

リーフは目で、ジャスミンとの距離をはかった。右手にロープ、左手にデルトラのベルトをしっかりにぎりしめて。

みんながみつめている。おしだまって。

負けないで！　うまくやってくれ！　人びとの声なき祈りが、リーフの胸にしみわたる。リーフは、ふいに勇気がわくのを感じた。

「さて！」ファローがさけんだ。「いまから、わが手から逃げそこなった、三人のうらぎり者を紹介しよう。身のほど知らずにも、このわたしをだしぬこうとしたおろか者が、秘密の計画を実行にうつそうとし、みっともなく失敗したのだ。このわたしが……別の重要な任務に専念しているあいだに……」

ファローはにやりとわらい、ジャスミンとバルダの頭巾をつぎつぎにはぎとった。だが、ジョーカーの頭巾をとった瞬間、にやにやわらいは消えた。ファローは、思わずあとずさりすると、恐怖と怒りに顔をゆがませた。

（まだだ……もう少し……）

父がふりかえり、ジョーカーをみとめた。父が、よろこびと苦痛がいりまじった目で、生涯の親友にふるえる手をさしのべるのを、リーフはみた。

ジョーカーも、父をみつめかえす。そのとたん、傷だらけの顔がぱっと輝いた。欠けていた記憶が、すべてもどったのだ。つぎの瞬間、ジョーカーは、けんめいにあたりをみまわした。まるで、だれかがいない、とでもいうように。

（ぼくを、さがしているんだ）

「ば、ばか者め！」ファローが、三人組をひったててきた憲兵たちをどなりつける。「こいつは、追っていた三人組のひとりではないぞ！　少年はどこだ？　少年は！」

憲兵たちはあわてふためいて、口ぐちに何か言うと、大広間にかけもどった。

（いまだ！）

リーフはとんだ。クリーの声にはげまされ、思いきり壁をける。リーフは、口ープをふりこがわりにして大きく外へとび出すと、ジャスミンのすぐむこうへ着地した。そして、よろよろ立ち上がると、ベルトをしっかりつかんでジャスミンにかけよった。ジャスミンは、目をまるくして立っている。バルダのさけび、群衆の歓声、ファローが憲兵たちに命令する声がきこえる。

そのとき、塔の上から、おそろしい怒声がリーフをおそった。体がバラバラになりそうな衝撃に、リーフは思わずひざをついた。

とどろく雷鳴。わきたつ雲。リーフめがけて閃光がはしる。リーフはとっさに身をふせ、処刑台の上をころがった。間一髪、リーフが立っていた場所に雷が落ちた。ベリベリと木がさける音とともに、処刑台がくずれ、巨大なこぶしで一撃をくわえたように、みごとにまっぷたつになった。割れた床板は二台のすべり台のようにむきあい、近くにいた憲兵たちが悲鳴をあげながら、つぎつぎとさけ目へすべり落ちていく。そのあとから燃える石炭が、どっとかぶさった。
稲妻がつぎつぎに光り、地をゆるがさんばかりの雷鳴がとどろく。雷のなかから、七羽のアクババが飛び出し、血もこおるような鳴き声をたてた。

リーフは必死で、かたむく床板にしがみついた。人びとのさけび声がきこえる。気をつけろ！　気をつけろと、リーフに警告している。

そのとき、ファローの氷のようにつめたい手が、リーフの首をつかんだ。怒りにゆがんだ顔が、目の前にある。剣をぬこうとあせるリーフをみて、ファローはせせらわらいをうかべた。

だが、つぎの瞬間、ファローがとつぜん頭をそらせ、目をかっとみひらいた。氷のような手の力がゆるみ、リーフはあおむけに投げ出された。ファローは、その手を細いのどにやり、肉にくいこむ鎖を、必死ではずそうとしている。

おとうさんとおかあさんだ！　なんとリーフの両親が、死力をふりしぼり、うしろからファローにむしゃぶりついて、その首を鎖で絞めあげている。リーフからひきはなそうとしているのだ。ファローが、とるにたらない相手だと思ってうかつにも手ばなしていた、二本の鎖で。

「おとうさん！　おかあさん！　気をつけて！」リーフはさけび、かたむいた床板を、いそいで両親めがけてよじのぼった。ファローが短剣をまさぐっている。あ、みつけた！　リーフは突進した。

「くるな！　リーフ！」父がさけぶ。「そのベルトを！　おまえが――」

　ファローの短剣が、父の胸にささった。父の体がぐにゃぐにゃとくずれおちる。あわててうけとめる母とともに、かたむく床にたおれた。母が片手をのばし、処刑台のはしをつかむ。だが、一本の細腕で、いつまでふたりぶんの体重を支えていられるだろう。母の悲鳴が、風の音とアクババの鳴き声にかき消された。

　ファローも首に鎖を巻かれたまま、ふたりにひきずられてたおれた。かたむく板の上で、やっと鎖をはずし、立ち上がろうともがく。そのとき、赤い円錐形の物体がゆっくりとすべり落ちてきた。ファローは、思わずそれにすがりついた。

　その瞬間、ファローは自らの失敗に気づいた。だが、もうおそい。円錐形がゆっくり、ゆっくりと、かたむいた。白熱する液体がこぼれ、ファローの体をすっかりおおった。ファローは悲鳴をあげながら、じりじりと焼け死んでいった。

天空で、不気味なうなり声がする。リーフは空をみあげた。赤い煙が塔から吹き出している。灰色にふちどられた、不気味なぶ厚い赤い煙のかたまりだ。その奥で灰色の光が渦巻き、中心に、巨大な姿が立ち上がろうとしている。まず二つの手がのび、つぎに、怒りに燃える一対の目があらわれた。

リーフはあたりをみまわした。ジャスミンとバルダが処刑台の反対のはしで、床板にしがみついている。処刑台のさけ目がどんどんひろがっていき、傾斜がきつくなる。一羽のアクババが、つめを立ててふたりにむかってきた。クリーが黄色い目を光らせ、果敢にアクババの頭を攻撃する。アクババは怒りの鳴き声をあげ、首を左右にふりたてて、クリーを追いはらおうとする。

リーフは歯ぎしりをした。いまから一世一代の大ジャンプをしなければならない。でも、自分にできるだろうか？　この大きなさけ目をとび越え、すべりやすい、反対側の床板の上にとびのるのだ。しかも、片方の手には剣、もう片方の手にはデルトラのベルトをもって。

かつてのリーフなら、勢いでやってしまったことだろう。だが、いまのリーフは、考えてから行動することを学んでいた。彼は姿勢を正すと、両手をあけるために、剣をさやにおさめ、ベルトを腰につけた。

その瞬間、時が止まったような気がした。

なんだ、これは……？

体が一瞬、ふしぎな熱さにつつまれ、バチバチという奇妙な音がきこえた。つぎの瞬間、ベルトが光を放ちながら、爆発したように思われた。

おそろしいうなり声が、城全体をゆさぶった。頭上の赤い煙がみる間にちぢまり、悲鳴のような音をたてながら、渦を巻く雲に吸収されていく。

デルトラのベルトの七つの宝石が、目がくらむほどの光を放つ。七色の光があたりに満ちわたり、夜の闇をとりはらい、泣きわらいしているデルの人びとの顔

をこうこうと照らした。

そして、その光の中心には、リーフが立っていた。デルトラ王国の真の世継ぎが、ついに明らかとなったのだ。

アクババがするどい鳴き声をあげ、あわてて塔へ舞い上がる。だが、塔のなかは空だ。巨大な赤い雲はすでに、影の王国にむかって後退していた。はげしい怒りと悪意を増しながら。敵は、この戦いに勝ち目がないことをさとったのだ。

リーフは目をまるくして、あたりをみわたした。母がすすり泣きながら、リーフにほほえみかけた。母のひざの上では、弱った父が目を閉じ、ジョーカーがその横にひざまずいている。ジャスミンとバルダが、よろこびに顔を輝かせ、だきあっている。クリーが、みなの頭上でうれしそうに鳴き、フィリはジャスミンの肩で、ぴょんぴょんはねている。ふりかえってみると、マナス、グラ・ソン、ナニオン、ファーディープが歓声をあげている。傷のひどいゼアンも顔を上げ、目を輝かせている。そして、グロックも。こんなにすなおによろこんでいるグロックの顔を、リーフははじめてみた。

みんな無事だったんだと、リーフは思った。みんな、もうだいじょうぶだ！

リーフは胸がいっぱいになった。

城外では、生きのこった憲兵たちが、箱のなかの火ぶくれ弾をひっつかみ、よろこびあうデルの人びとに投げつける。だが、火ぶくれ弾の中身は、小人族がすりかえておいたおかげで、ブーロンの樹液がうすまっただけのものだ。ちっとも害はない。やがて憲兵たちのほうが、自分たちの身の危険をさとるだろう。

憲兵たちは無残にも、影の大王にみすてられたのだ。おなじく、無数のオルもおき去りにされ、力の源を失って心臓が止まり、ばたばたとたおれはじめた。広場に開いた大穴のなかから、ついにルーカスがはい出してきた。イカボッドはかじりかけの骨の上に、しぼんだ赤い風船のようにのびていた。

デルトラ中で、おなじことが起こっている。デルトラのベルトの輝きにつつまれた瞬間、リーフはふしぎな能力をさずかったらしい。暗闇を透視し、はるか遠くまで、みることができるようになった。ラディンからリスメアまで、『恐怖の山』から『いましめの谷』まで、はばひろ川からベタクサ村まで、すべての恐怖が消え去ったのが、リーフにはわかった。

デルトラ全土で、影の大王軍が敗走し、赤い邪悪な雲が逃げていくのがみえた。デルトラの人びとは大よろこびで武器をすて、かくれ家からはい出し、愛する者たちとだきあい、空をみあげた。とつぜん、奇跡が起こったのだ。ついに影の大王から、解放されたのだ。

リーフには、そのようすがすべてみえた。リーフはいま、自分がデルトラの世継ぎだということを知り、その事実をうけいれた。デルトラのベルトが、そう証明したのだ。否定するわけにはいかない。

でもなぜ？　どうして、ぼくが……？

16 最後のなぞ

リーフはぼうぜんとしたまま、両親のそばへかけよった。ひざまずいて母をだきしめ、父の上にかがみこむと、ジョーカーと目が合った。おなじみの、ひやかすようなえみをうかべているのがみえた。まだわからないのか、とでも言いたげに。リーフは首を横にふった。

人びとの歓声が、ぼんやりきこえてくる。ジャスミンとバルダが鎖を解かれ、横に腰をおろすのを感じた。リーフは言葉もなく、ジョーカーの顔をみつめた。

「最高のかくれ家だよ」ジョーカーはつぶやくように言った。「だれが疑う？　いまから約十七年前のあの晩、デルの街から逃げたはずの国王夫妻が、じつはかえ玉だったなんてな？　あの晩逃げたのは、国王でも王妃でもなかったんだ」

ジョーカーは、リーフの両親に、温かな視線を投げた。「まさか、デルトラの国王が鍛冶屋になり、トーラ族の貴婦人だった王妃が、せっせと野菜を育て、そまつな糸をつむいで生きていけるなどとは、だれも思うわけがない。だがな、考えてみるがいい。初代国王のアディンは、もともと鍛冶屋だったんだぞ」

ジョーカーはリーフに視線をもどすと、からかうようにまゆを上げた。

「しかも、そのふたりのあいだに生まれた世継ぎは、ふつうの子のなかで育つ。将来の国王が、国のようすと市民の生活を、自然に学びながら成長するんだ。これほどすばらしい世継ぎの教育があるだろうか」

なるほど、そういうことだったのか。まだ混乱しながら、リーフは思った。なんとかんたんで、しかも大たんな計画だったんだろう。

これは命をかけた計画。しかも、あの当時のデルの街の混乱を利用した計画だ。影の大王の侵入で、隣人がどんどん逃げていく。友人とは連絡がとだえ、周囲には知らない顔ばかりが増える。その混乱を逆手にとった計画だ。

考え出したのは……ジョーカー――ジョーカーは、エンドンではなく、ジャードだったのだ。ジョーカー、つまりジャードは、その素性も家も命もすてて、愛する妻ともども国王夫妻の身がわりになった。愛するデルトラの再建のために。ジャードはあの晩、妻アンナをつれ、国王夫妻になりすましてデルを脱出した。むかし、エンドンがジャードを城のなかに導いた、くまさんの絵の紙きれをポケットにしのばせたまま。ジャスミンが、こんなに勇敢な少女に育つのもうなずける。このようにりっぱな両親の子なのだから。

「あなたは、今度もかえ玉を立てるアイデアを出しましたよね」リーフは言った。

ジョーカーはうなずいた。「そうだな。あのときはまだ、記憶がもどっていなかったが。たしかに、おれはトーラ族の友人を、西へ送ることを思いついた。おまえたちの身がわりに。ありがたいことに、彼らも無事らしい」彼はうしろをふりむいた。城内から、こぜりあいの音がきこえる。

「『レジスタンス』の仲間が到着した」ジョーカーは、何気なく言った。「生きのこっていた影の憲兵たちも、彼らがすっかり片づけてくれるだろう。おれもバルダとルーカスとおなじように、秘密の計画を立てていたんだ。だれにも知らせずに。そのほうがいいと判断したんでな。デルの街には、デル城の厨房までつづいている排水溝があるんだよ」

「ぼくが知っているのとおなじかな?」とリーフはささやいた。「前にみつけたんだ。十六歳の誕生日に」

母がリーフの手をにぎった。しっかり者で、明るくて、薬草や花を育てる名人。長年、鍛冶屋の妻のアンナとしてくらしてきたぼくの母が、ほんとうはシャーン王妃だった。トーラ族の出身で、魔法のマントを織れる……。リーフは、母の機転と勇気に、どれほどはげまされたかわからない。

リーフは父をみおろした。あのやさしく、ものしずかな父が、鍛冶屋のジャードではなく、デルトラの国王エンドンだったとは!　考えてもみなかった!

でもそう言えば、とリーフは思った。こんなおとなしい父が、十七年前にジャードがしたような勇敢なふるまいができるはずもない。それに、ほんもののジャードなら、親友のエンドンが、無知のためにしてしまったことを、あれほどきびしく責めるわけがない。

そのとき、父の顔つきがやわらぎ、くちびるにほほえみがうかんだ。

バルダがむせび泣く。リーフの目にも涙があふれた。

「わたしのために泣くな」父はささやいた。「わたしは満足だ。わたしの使命は、果たされた。わたしは、自分のいたらなさがひき起こした不幸から、いつか、国民を解放したいと望みつづけていた。その望みがかなうのをみてから、死ぬことができる。しかも、愛する妻とともに、りっぱな息子を育てることができた。人びとと心をわかちあい、人びとを正しく導ける世継ぎを……」

「どうして、ぼくにほんとうのことを話してくれなかったの、おとうさん。ぼくが……デルトラの世継ぎだということを」リーフは小さい声できいた。

「知らなければ、おまえの身は安全だからだよ」父、エンドン国王はささやいた。

「それに……おまえに学ばせたかったのだ……国王は……民を知り、愛し、つねにその味方となるべきだ、ということを。わたしは……ぜひ……学ばせたかった」

「でも……バルダは……知らなかったの？」リーフは自分の横にしずかにひざまずいている、バルダに視線をうつした。

母、シャーン王妃が首を横にふった。「バルダは知らなかったのよ。彼は、ジャードとアンナがここを出ていくのをみて、それが国王と王妃だと思いこんだの。わたしたちの言葉を、そのまま信じて。お城では、彼はわたしたちを遠くからしかみたことがなかったの。しかも、宮廷風のはなやかな服を着たわたしたちをね。わたしたちは、バルダにも秘密を明かさなかったのよ。かえ玉のことは、四人だけの秘密にする約束だったの。それで、あなたたちが旅をしてくれることになったときも、その話はしないことにしたわ。デルトラのベルトに七つの宝石が全部もどれば、ベルトが輝いて、自然とあなたが、自分は王の子だとわかると思ったの。わたしたちは知らなかったのよ。まさか……」

「宝石の順番が決め手だとは、夢にも思わなかった」ジョーカーを名のっていたジャードは言った。「わかるわけないだろう？　『デルトラの書』には、そんなことは書いてないんだから」

「書いてあったよ」リーフはしずかに言った。「でも、『意味なす一体となれば』なんて、なぞめかして書いてあったんだ」

リーフの父、長年鍛冶屋のジャードを演じてきたエンドン国王は、ほほえんだ。

「それこそ……わたしたちにふさわしいとは思わないか、リーフ。デルトラをとりもどすこの戦いは、最初から最後まで、ひとすじなわではいかないことだらけだった。わたしはむかしから、そういう物語が大好きだったよ。なぜなら……そういう物語には……幸福な結末がつきものだ……わたしたちの……この……物語のように」父はしずかに息をひきとった。リーフは母の手をにぎり、うなだれた。

夜が明けた。リーフ、ジャスミン、バルダはならんで、窓の外をみている。

「リーフ、お世継ぎがあなたでよかったわ」ジャスミンが言った。「ほんとうによかった」

リーフは、ジャスミンの泥だらけの顔をみつめて、きいた。「どうしてだい?」

「わたしが女王になっても、デルトラの人たちには何一つ、してあげられない」

彼女はリーフからはなれると言った。「わたしは女王にはふさわしくないわ。野育ちだし、短気でわがままだし。わたしには、ととのえられた庭より、森のほうが合っているわ」彼女は頭をふり上げた。「それにね、わたしは、こんなところでくらせない。街なんて、ぞっとする。お城って……牢獄みたい!」

「牢獄の壁は、とりこわせるよ」リーフはひくい声で言った。「ととのえられた庭も、緑の森に変えられる。デルはもう一度、美しさをとりもどすよ。きみは、デルトラの人たちに、何もしてあげられないと言ったけど……」リーフは一瞬、言葉を切った。これから言うのは、とてもたいせつなことだ。慎重に言葉を選ばなければ。だが、どう言おう。なんと言おう。言いたいことがありすぎて、なかなか言葉にならない。

「どうしたの？　リーフ」ジャスミンが肩をそびやかした。

「……やることが、たくさんある」リーフは、率直に言った。「やりきれないほど、たくさんあるんだよ、ジャスミン。デルトラ中にね。バルダとジョーカーとぼくだけでは、とても手がたりない。ぼくたちに、きみの勇気と力を貸してほしい。ぼくたちは、きみが必要なんだ。いまのままのきみ、ありのままのきみが」

「そのとおりだ」バルダがぶっきらぼうに言った。

ジャスミンは、肩ごしにふたりをみた。フィリがうれしそうに、彼女の耳にさえずり、クリーは腕で鳴いた。一瞬おいて、ジャスミンが口を開いた。

「じゃあ、そうね。ここにいることにするわ――しばらくは。なぜって、あなたには、ぜったいわたしが必要だから。あなたのおとうさんに、わたしの父が必要だったようにね。デルトラをたてなおすために」

リーフはほほえみ、今度だけはさからわなかった。

ジャスミンはのこってくれる。彼は、それだけで満足だったのだ。（完）

［著者紹介］
エミリー・ロッダ
1948年、オーストラリア、シドニー生まれ。シドニー大学で英文学を学ぶ。著書に『ローワンと魔法の地図』（1993年度オーストラリア最優秀児童図書賞を受賞）にはじまる「ローワン」シリーズ（あすなろ書房）、『勇者ライと3つの扉』（KADOKAWA）など。オーストラリア児童図書賞を過去5回受賞。

岡田 好恵（おかだ　よしえ）
青山学院大学フランス文学科卒。著書に『アインシュタイン』（講談社火の鳥文庫）。訳書に『デルトラ・クエスト』シリーズI, II（岩崎書店）、『勇者ライと3つの扉』（KADOKAWA）、ディズニー・アナと雪の女王『エルサの氷のおはなし、アナの愛のお話』、同『ありのままでだいじょうぶ』（講談社）、『世界一幸せなゴリラ、イバン』（講談社）、「ちいさなプリンセスソフィア」シリーズ（講談社）、『小公女セーラ』（学研教育出版）など。ホームページ　http://www.okadayoshie.com/

吉成 曜（よしなり　よう）
1971年生まれ、トリガー所属。主な参加作品に『天元突破グレンラガン』、『Panty & Stocking with Garterbelt』、『キルラキル』、他多数。監督作『リトルウィッチアカデミア 魔法仕掛けのパレード』2015年公開。

吉成 鋼（よしなり　こう）
TVアニメ、ゲーム等のヴィジュアル、アニメーションムービー制作を中心に活動。参加作にTVアニメ『ホワイトアルバム』、ゲーム『ヴァルキリープロファイル』シリーズ等。

フォア文庫

デルトラ・クエスト⑧　帰還（きかん）

2017年9月　第1刷発行

著　者　エミリー・ロッダ
訳　者　岡田 好恵
画　家　吉成 曜　吉成 鋼
発　行　株式会社 岩崎書店
東京都文京区水道1-9-2
TEL 03 (3812) 9131・FAX 03 (3816) 6033

ISBN978-4-265-06484-7　NDC933　173×113
本文・カバー・製本／三美印刷
落丁・乱丁本はおとりかえいたします。

http://www.iwasakishoten.co.jp

《フォア文庫》刊行のことば

フォア文庫30周年を迎えて

『だいすきな本みつかるよ!』

フォア文庫は、国際児童年の一九七九年十月、四つの出版社の協力出版という形で誕生しました。四つの出版社が一つの児童文庫を創るという画期的な試みは、出版革命とまで言われ、読者の期待を集めました。

創刊四十点から始まったフォア文庫を熱心に読んでくださった皆さんの先輩は、今では社会の最前線で活躍されています。三十年間に発行された本は、七七四点、約三千万冊を超えました。あたたかい声援を送り続けてくださった読者の皆さんのおかげです。

創作文学を中心に、ノンフィクション・翻訳・推理・SFと幅広い内容でスタートしたフォア文庫に、近年は皆さんのリクエストに支えられたファンタジーなど、エンターテインメントの書き下ろし作品も加わり、一層魅力的なラインナップになりました。

私たちは『だいすきな本みつかるよ!』と、自信を持って読者の皆さんに呼びかけます。フォア文庫は皆さんの現在と未来を見つめながら、より面白く、より胸をうつ、そして、より愛される本を作る努力を重ねてまいります。

やがて、皆さんは自立の時を迎えます。さまざまな読書の体験が、社会に羽ばたく皆さんの翼になってほしい、そんな願いをこめて、フォア文庫の出版を続けていきます。

「フォア文庫の会」